恩英老師
韓文（一）

韓語40音、基礎會話和語法規則

Student Book

作者序

韓語發音困難吧？

在我教授韓語十幾年間，許多學生認為讀韓文並不難，
最難的是韓語發音。

這本書就是專為韓語發音困擾的你所著作。
內容針對初學者規畫完整發音學習和基礎會話練習。

希望藉由學習本書，能讓初學者在看到韓文時，
可以主動發音，並了解韓文發音的簡單性，
進而引發讀者對韓語學習的動力。

各位讀者，大家加油吧！
希望大家對韓文學習能有更濃厚的學習興趣！

한국어 발음 어렵죠?

이 책은 처음 한국어를 배우는 학생들이 쉽게
접근할 수 있도록 만들었어요.

발음과 간단한 회화 연습을 통해 한국어를 더
쉽고 재미있게 배우기 바래요!

鄭恩英 老師

目錄

本書使用說明

QRcode 音檔

掃描 QRcode：

●恩英老師親錄，課文朗讀、發音和聽力
　練習題目，上網學習更方便。
●更多韓語學習資源補充。

회화 會話  2-1-4

앤 디 : 안녕하세요? 저는 앤디예요.	您好嗎？ 我是Andy。
임이정 : 안녕하세요? 저는 임이정이에요.	您好嗎？ 我是林怡婷。
앤 디 : 한국 사람이에요?	你是韓國人嗎？
임이정 : 아니요. 대만 사람이에요. 앤디 씨는 어느 나라 사람이에요?	不是的，我是台灣人。 Andy先生，你是哪國人呢？
앤 디 : 저는 미국 사람이에요.	我是美國人。
임이정 : 아, 그래요? 만나서 반갑습니다.	喔！是喔？ 很高興認識你。
앤 디 : 만나서 반갑습니다.	很高興認識你。

情境會話
→ 韓文、中文對照分別排列，韓語
　練習時，可不受中文翻譯影響。

단어 單字 2-1-2

저	「我」的敬語
한국	韓國
사람	人
아니요	不是
대만	台灣
씨	先生；小姐
미국	美國
어느	哪一

→ 本課重點學習單字

대화 본문 설명 會話解說

1. 안녕하세요?　您好嗎？
   這句話是對長輩、年紀比自己大或第一次見面時禮貌的說法。

2. 저는 앤디예요.　我是Andy。

저	는	앤디	예요.
我	主詞助詞	Andy	是 動詞

   > 韓文有二種「我」的說法
   > (1)「저」，跟長輩說話用的敬語。
   >   例 저는 앤디예요. （我是Andy。）
   > (2)「나」，對朋友或晚輩時使用半語。
   >   例 나는 앤디야. （我是Andy。）

   詞語或句子補充說明
   → 分析韓文與中文使用上的異同
   及延伸用法，以增加深度。

3. 한국 사람이에요?　你是韓國人嗎？

한국	사람	이에요?
韓國	人	是嗎？

   → 在這一句話裡，省略了主詞「你」。

   句子分解
   → 有助於學生更了解韓文的語法
   順序，更廣泛的運用。

韓文基本文字概說

韓國語一般說是隸屬於「Ural Altai」語族。韓國文字(Hangeul)是西元1446年由李朝第四代世宗大王親自創造頒布的，就文字的構造而言，以初聲（母音前子音）、中聲（母音）、終聲（收尾音）組合而成，為世界上最發達的拼音文字之一。

現在通用的基本字母有母音10 個、子音 14 個，共有 24 個字母。

十個單母音字母如下：

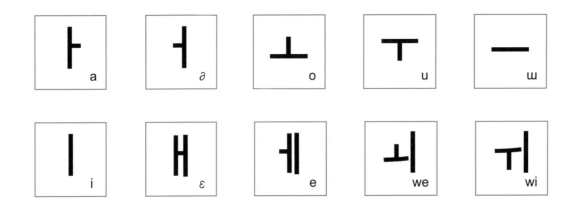

十四個單子音字母如下：

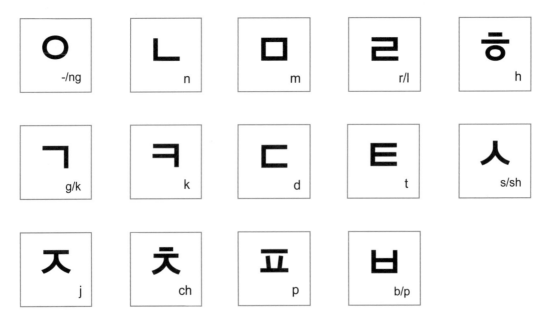

十一個複合母音字形型態的組成如下：

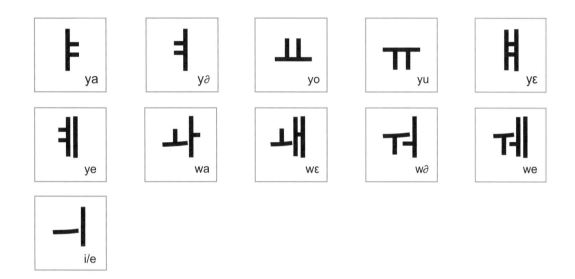

五個雙子音字母如下：

韓語發音

모음 母音

단모음　　單母音
이중모음　複合母音

단모음　單母音

 1-1-1

韓語的單母音共有10個，念時嘴巴模樣不會變化，發音如下。

「ㅏ」嘴形開口最大，舌頭放平，嘴唇張大呈圓形。
發音接近於華語注音符號的「ㄚ」。

「ㅓ」嘴形開口中等，發音時舌向後一些，嘴唇自然打開。
發音接近於華語注音符號的「ㄛ」。

「ㅗ」嘴形開口略小，發音時舌偏後，嘴唇向上噘起呈較小圓形。
發音接近於華語注音符號的「ㄡ」。

「ㅜ」嘴形開口最小，發音時舌偏後。嘴唇突出並稍微向上。
發音接近於華語注音符號的「ㄨ」。

「ㅡ」雙唇向兩邊拉開，發音時不抬高舌尖，不要鼻音。
近似於華語注音符號的「ㄜ」。

「ㅣ」雙唇向兩邊拉緊，舌位偏前。其音質相當於中文的「一」。

舌位低，偏前，唇不圓。開口度比「ㅏ」小。
舌身略微向前，舌面向硬顎抬起，雙唇略微向兩邊拉開。

舌位居中，偏前，唇不圓。發音時舌尖抵及下齒齦，舌前部略向硬顎
抬起，雙唇略微向兩邊拉開。「ㅔ」的開口度比「ㅐ」小。

原來讀作〔ö〕。<注意>「ㅙ」、「ㅚ」發音相同都讀作〔we〕。

發音時由〔u〕迅速滑到〔i〕即可。

> 韓國字的組成
>
> 韓文文字是子音與母音結合而成，母音不能獨立成為字，寫成文字
> 時母音要加上不發音的子音ㅇ。
>
> 1. 子音與「垂直母音」ㅏ ㅑ ㅓ ㅕ ㅣ結合時，子音寫在左邊。
> 例 아 야 어 여 이
>
> 2. 子音與「水平母音」ㅗ ㅛ ㅜ ㅠ ㅡ 結合時，子音寫在上面。
> 例 오 요 우 유 으

請練習書寫下列母音。

아	아								

어	어								

오	오								

우	우								

으	으								

이	이								

애	애								

에	에								

외	외								

위	위								

單字學習  1-1-2

이	

二

오	

五

아이	

孩子

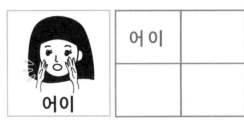
오이	

小黃瓜

아우	

弟弟

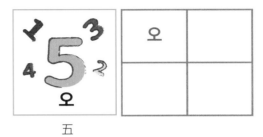
어이	

喂（對成人）

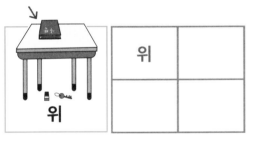
위	

上面

이중모음　複合母音 1-1-3

複合母音共有11個，皆由2個單母音結合後所衍伸出來的，念時嘴巴模樣會變化，發音如下。

ya

發音時先發ㅣ的音，迅速結合ㅏ的發音。發音接近於英語的「ya」。

yə

發音時先發ㅣ的音，迅速結合ㅓ的發音。發音接近於英語的「yo」。

yo

發音時先發ㅣ的音，迅速結合ㅗ的發音。發音接近於華語注音符號的「一ㄡ」。

yu

發音時先從ㅣ發音，迅速結合ㅜ的發音。發音接近於英語的「u」。

yɛ

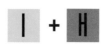

發音時先從ㅣ發音，迅速結合ㅐ的發音。

ye

發音時先從ㅣ發音，迅速結合ㅔ的發音。

 嘴唇向前收圓，發ㅗ音的同時，迅速滑到ㅏ即可。

  發音時由ㅗ迅速滑到ㅐ即可。

  發音時由ㅜ迅速滑到ㅓ即可。

  發音時由ㅜ迅速滑到ㅔ即可。
<注意> 「ㅙ」、「ㅚ」和「ㅞ」發音相同。

  發音時先發「ㅡ」音，馬上跟著發「ㅣ」，二個音接近同時間發出。

선생님의 한 마디　老師的話
"ㅢ"有3種不同的發音。
1.當"ㅢ"放在最前方時，發「さ一」的音。例：의사(醫生)、의자(椅子)
2.當"ㅢ"放在最後方時，發「一」的音。例：회의(會議)、예의(禮貌)
3.當"ㅢ"做'的'的意思時，發「ㄟ」的音。例：나의(我的)、오빠의(哥哥的)

| 練習作業 |

請練習書寫下列複合母音。

야	야								
여	여								
요	요								
유	유								
얘	얘								
예	예								
와	와								
왜	왜								
워	워								
웨	웨								
의	의								

| 單字學習 | 1-1-4

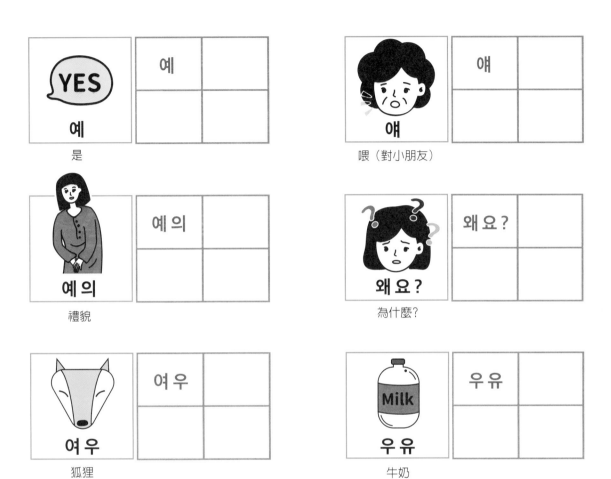

예
是

예의
禮貌

여우
狐狸

애
喂（對小朋友）

왜요?
為什麼?

우유
牛奶

韓語發音

자음 子音

자음 子音 + 모음 母音 ㅇ、ㄴ、ㅁ
자음 子音 + 모음 母音 ㄹ、ㅎ
자음 子音 + 모음 母音 ㄱ、ㅋ
자음 子音 + 모음 母音 ㄷ、ㅌ
자음 子音 + 모음 母音 ㅅ、ㅈ、ㅊ
자음 子音 + 모음 母音 ㅂ、ㅍ
자음 子音 + 모음 母音 ㄲ、ㄸ、ㅃ、ㅆ、ㅉ

發音接近於華語注音符號的「ㄥ」。

發音接近於華語注音符號的「ㄋ」。

發音接近於華語注音符號的「ㄇ」。

子音 ㅇ ＋ 母音  1-2-1

아 | 아 | | | | | | | | |

야 | 야 | | | | | | | | |

어 | 어 | | | | | | | | |

여 | 여 | | | | | | | | |

오 | 오 | | | | | | | | |

요 | 요 | | | | | | | | |

우 | 우 | | | | | | | | |

유 | 유 | | | | | | | | |

으 | 으 | | | | | | | | |

이 | 이 | | | | | | | | |

나 | 나 | | | | | | | | |

야 | 야 | | | | | | | | |

너 | 너 | | | | | | | | |

녀 | 녀 | | | | | | | | |

노 | 노 | | | | | | | | |

뇨 | 뇨 | | | | | | | | |

누 | 누 | | | | | | | | |

뉴 | 뉴 | | | | | | | | |

느 | 느 | | | | | | | | |

니 | 니 | | | | | | | | |

子音 ㅁ ＋ 母音  1-2-3

마 | 마 | | | | | | | | |

야 | 야 | | | | | | | | |

머 | 머 | | | | | | | | |

여 | 여 | | | | | | | | |

모 | 모 | | | | | | | | |

묘 | 묘 | | | | | | | | |

무 | 무 | | | | | | | | |

뮤 | 뮤 | | | | | | | | |

므 | 므 | | | | | | | | |

미 | 미 | | | | | | | | |

여우	이마	누나	이모
매미	아무	네모	메뉴

| 單字學習 | 1-2-5

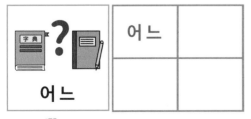

是

不是

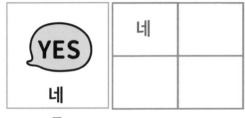

木

媽媽

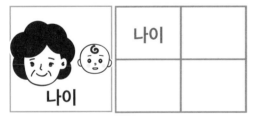

年齡

太/很

哪一

ㄹ
r/l

發音接近於華語注音符號的「ㄖ／ㄌ」。
視不同的位置決定要發什麼音。

ㅎ
h

發音接近於華語注音符號的「ㄏ」。

子音 ㄹ + 母音  1-2-6

라 | 라 | | | | | | | | |

랴 | 랴 | | | | | | | | |

러 | 러 | | | | | | | | |

려 | 려 | | | | | | | | |

로 | 로 | | | | | | | | |

료 | 료 | | | | | | | | |

루 | 루 | | | | | | | | |

류 | 류 | | | | | | | | |

르 | 르 | | | | | | | | |

리 | 리 | | | | | | | | |

하	하								

햐	햐								

허	허								

혀	혀								

호	호								

효	효								

후	후								

휴	휴								

흐	흐								

히	히								

| 發音練習 | 1-2-8

| 아 래 | 유 리 | 예 의 | 미 리 | 호 미 |
| 하 나 | 미 래 | 아 내 | 이 해 | 화 려 |

| 單字學習 | 1-2-9

우리
我們

우리	

나라
國家

나라	

요리
料理

요리	

머리
頭

머리	

오리
鴨

오리	

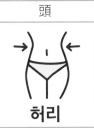
허리
腰

허리	

뭐
什麼

뭐	

노래
歌

노래	

하루
一天

하루	

어려워요
難

어려워요	

31

ㄱ
g/k

將舌面後部抬起，使舌根接觸軟齶，阻住氣流，然後放開，使氣流沖出而成聲。發音接近於華語注音符號的「ㄍ/ㄎ」。

ㅋ
k

ㅋ是ㄱ的加重發音，是同一類。
發音接近於華語注音符號的「ㄎ 」。

子音 ㄱ + 母音  1-2-10

가 | 가 | | | | | | | | |

갸 | 갸 | | | | | | | | |

거 | 거 | | | | | | | | |

겨 | 겨 | | | | | | | | |

고 | 고 | | | | | | | | |

교 | 교 | | | | | | | | |

구 | 구 | | | | | | | | |

규 | 규 | | | | | | | | |

그 | 그 | | | | | | | | |

기 | 기 | | | | | | | | |

카 | 카 | | | | | | | |
캬 | 캬 | | | | | | | |
커 | 커 | | | | | | | |
켜 | 켜 | | | | | | | |
코 | 코 | | | | | | | |
쿄 | 쿄 | | | | | | | |
쿠 | 쿠 | | | | | | | |
큐 | 큐 | | | | | | | |
크 | 크 | | | | | | | |
키 | 키 | | | | | | | |

| 發音練習 | 1-2-12

카메라　　케이크　　쿠키　　교회　　마이크　　키위

무게　　가위　　회화　　휴가　　개구리　　개미

| 單字學習 | 1-2-13

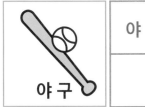 개 狗	개	

STORE 가게 店	가게	

 야구 棒球	야구	

모기 蚊子	모기	

고기 肉	고기	

 누구 誰	누구	

커요 大	커요	

 귀여워요 可愛	귀여워요	

 KG 무거워요 重	무거워요	

先用舌尖抵住齒齦，阻住氣流，然後離開上齒
齦，使氣流沖出，爆發、破裂而成聲。發音接近
於華語注音符號的「ㄅ/ㄊ」。

ㅌ 是ㄷ的加重發音，是同一類。
發音接近於華語注音符號的「ㄊ」。

子音 ㄷ ＋ 母音  1-2-14

다 | 다 | | | | | | | | |

댜 | 댜 | | | | | | | | |

더 | 더 | | | | | | | | |

뎌 | 뎌 | | | | | | | | |

도 | 도 | | | | | | | | |

됴 | 됴 | | | | | | | | |

두 | 두 | | | | | | | | |

듀 | 듀 | | | | | | | | |

드 | 드 | | | | | | | | |

디 | 디 | | | | | | | | |

타 타

탸 탸

터 터

텨 텨

토 토

툐 툐

투 투

튜 튜

트 트

티 티

| 發音練習 | 1-2-16

토 마 토　　　드 라 마　　　데 이 트　　　라 디 오

코 트　　　　도 토 리　　　카 드　　　　기 타

타 요　　　　다 리 미　　　캐 나 다　　　외 투

| 單字學習 | 1-2-17

구 두	

구 두

皮鞋

다 리	

다 리

橋/腿

더워요	

더워요

熱

ㅅ
s/sh

舌尖抵住下齒背，舌面前部接近硬顎，使氣流從舌面前部與硬顎之間的空隙處擠出來，摩擦成聲。發音接近於華語注音符號的「ㄙ」。

ㅈ
j

舌尖抵住下齒背，舌面前部向上接觸上齒齦和硬顎阻住氣流，使氣流衝破阻礙的同時，摩擦成聲。發音接近於華語注音符號的「ㄗ」。

ㅊ
ch

ㅊ跟ㅅ、ㅈ是同一類的，發音接近於華語注音符號的「ㄘ」。

子音 ㅅ ＋ 母音  1-2-18

사 | 사 | | | | | | | | |
샤 | 샤 | | | | | | | | |
서 | 서 | | | | | | | | |
셔 | 셔 | | | | | | | | |
소 | 소 | | | | | | | | |
쇼 | 쇼 | | | | | | | | |
수 | 수 | | | | | | | | |
슈 | 슈 | | | | | | | | |
스 | 스 | | | | | | | | |
시 | 시 | | | | | | | | |

자 | 자 | | | | | | | |
쟈 | 쟈 | | | | | | | |
저 | 저 | | | | | | | |
져 | 져 | | | | | | | |
조 | 조 | | | | | | | |
죠 | 죠 | | | | | | | |
주 | 주 | | | | | | | |
쥬 | 쥬 | | | | | | | |
즈 | 즈 | | | | | | | |
지 | 지 | | | | | | | |

子音 ㅊ ＋ 母音  1-2-20

차	차									

챠	챠									

처	처									

쳐	쳐									

초	초									

쵸	쵸									

추	추									

츄	츄									

츠	츠									

치	치									

자 두	여 자	어 제	돼 지
테 니 스	세 수	가 수	지 우 개
스 키	주 스	뉴 스	치 즈
의 사	회 사	기 차	샤 워

| 單字學習 | 1-2-22

차

차	

車/茶

시 계	

鐘錶

치 마	

裙子

휴 지	

衛生紙

사 과	

蘋果

과 자	

餅乾

ㅂ
b/p

雙唇緊閉並稍向前伸，阻住氣流，然後用氣流把雙唇衝開，爆發成聲。發音接近於華語注音符號的「ㄅ/ㄆ」。

ㅍ
p

ㅍ是ㅂ的加重發音。

子音 ㅂ ＋ 母音  1-2-23

바 | 바 | | | | | | | | |
바 | 바 | | | | | | | | |
버 | 버 | | | | | | | | |
벼 | 벼 | | | | | | | | |
보 | 보 | | | | | | | | |
뵤 | 뵤 | | | | | | | | |
부 | 부 | | | | | | | | |
뷰 | 뷰 | | | | | | | | |
브 | 브 | | | | | | | | |
비 | 비 | | | | | | | | |

파 | 파 | | | | | | | | |

퍄 | 퍄 | | | | | | | | |

퍼 | 퍼 | | | | | | | | |

펴 | 펴 | | | | | | | | |

포 | 포 | | | | | | | | |

표 | 표 | | | | | | | | |

푸 | 푸 | | | | | | | | |

퓨 | 퓨 | | | | | | | | |

프 | 프 | | | | | | | | |

피 | 피 | | | | | | | | |

| 發音練習 | 1-2-25

커피　　　우표　　　　바나나　　　버터

피아노　　버스　　　　바보　　　　두부

비누　　　포크　　　　나비　　　　배워요

| 單字學習 | 1-2-26

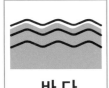

아버지
爸爸

아 버 지	

바지
褲子

바 지	

바다
海

바 다	

아파트

아파트
公寓

아 파 트	

오토바이
摩托車

오토바이	

아파요
生病/痛

아 파 요	

가벼워요
輕

가벼워요	

雙子音與相對應的單字音發音方式基本相同，差別在雙子音發音時要硬一點，喉嚨要比平常更緊一些，產生擠喉現象。

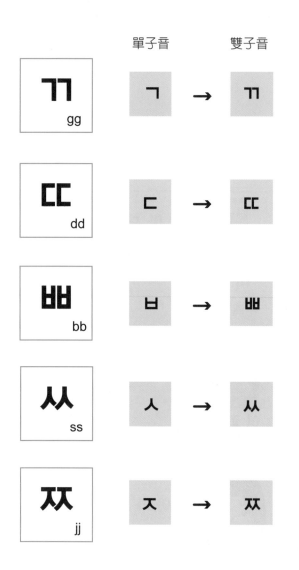

子音 ㄲ + 母音  1-2-27

까	까								

꺄	꺄								

꺼	꺼								

껴	껴								

꼬	꼬								

꾜	꾜								

꾸	꾸								

뀨	뀨								

끄	끄								

끼	끼								

따 | 따 |
따 | 따 |
떠 | 떠 |
뗘 | 뗘 |
또 | 또 |
뚀 | 뚀 |
뚜 | 뚜 |
뜌 | 뜌 |
뜨 | 뜨 |
띠 | 띠 |

52

子音 ㅃ ＋ 母音  1-2-29

빠 | 빠 | | | | | | | | |
빠 | 빠 | | | | | | | | |
뻐 | 뻐 | | | | | | | | |
뼈 | 뼈 | | | | | | | | |
뽀 | 뽀 | | | | | | | | |
뾰 | 뾰 | | | | | | | | |
뿌 | 뿌 | | | | | | | | |
쀼 | 쀼 | | | | | | | | |
쁘 | 쁘 | | | | | | | | |
삐 | 삐 | | | | | | | | |

싸	싸									
쌰	쌰									
써	써									
쎠	쎠									
쏘	쏘									
쑈	쑈									
쑤	쑤									
쓔	쓔									
쓰	쓰									
씨	씨									

子音 ㅉ + 母音  1-2-31

짜	짜								
쨔	쨔								
쩌	쩌								
쪄	쪄								
쪼	쪼								
쬬	쬬								
쭈	쭈								
쮸	쮸								
쯔	쯔								
찌	찌								

찌 개   오 빠   어 깨   메 뚜 기

토 끼   아 가 씨   아 저 씨   쓰 레 기

| 單字學習 | 1-2-33

가 까 워 요	가까워요	
近		

어 때 요?	어때요?	
怎麼樣?		

싸 요	싸요	
便宜		

비 싸 요	비싸요	
貴		

바 빠 요	바빠요	
忙		

예 뻐 요	예뻐요	
好看/漂亮		

韓語發音

받 침 收尾音

홑받침 單收尾音
겹받침 雙收尾音

받 침 收尾音

當子音置於文字結構底部時，因為該字的音做最後收尾，所以稱它為收尾音（「받침」）。
韓語共有7種代表尾音，分別是ㄱ[k]、ㄴ[n]、ㄷ[t]、ㄹ[l]、ㅁ[m]、ㅂ[p]、ㅇ[ng]。

收尾音又分為單收尾音與雙收尾音，發音如下表：

홑받침　單收尾音　1-3-1

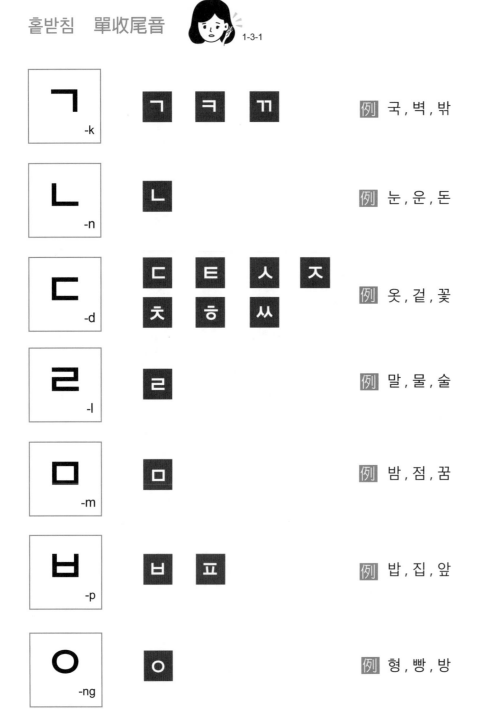

		例
ㄱ -k	ㄱ ㅋ ㄲ	국 , 벽 , 밖
ㄴ -n	ㄴ	눈 , 운 , 돈
ㄷ -d	ㄷ ㅌ ㅅ ㅈ ㅊ ㅎ ㅆ	옷 , 겉 , 꽃
ㄹ -l	ㄹ	말 , 물 , 술
ㅁ -m	ㅁ	밤 , 점 , 꿈
ㅂ -p	ㅂ ㅍ	밥 , 집 , 앞
ㅇ -ng	ㅇ	형 , 빵 , 방

겹받침 雙收尾音 1-3-2

 ㄱ -k   ㄱㅅ   ㄹㄱ   例 넋, 닭

 ㄴ -n   ㄴㅈ   ㄴㅎ   例 앉, 않

 ㄹ -l   ㄹㅂ   ㄹㅅ   ㄹㅌ   ㄹㅎ   例 곬, 핥, 싫

 ㅁ -m   ㄹㅁ   例 삶

 ㅂ -p   ㅂㅅ   ㄹㅍ   例 값, 읊

ㄴ = ㄴㅈ = ㄴㅎ **01** 1-3-3

간	난	단	란	만	반	산	안	잔	찬	칸	탄	판	한
건	넌	던	런	먼	번	선	언	전	천	컨	턴	펀	헌
곤	논	돈	론	몬	본	손	온	존	촌	콘	톤	폰	혼
군	눈	둔	룬	문	분	순	운	준	춘	쿤	툰	푼	훈
근	는	든	른	믄	븐	슨	은	즌	츤	큰	튼	픈	흔
긴	닌	딘	린	민	빈	신	인	진	친	킨	틴	핀	힌
갠	낸	댄	랜	맨	밴	샌	앤	잰	챈	캔	탠	팬	핸

ㅁ = ㄹㅁ **02** 1-3-4

감	남	담	람	맘	밤	삼	암	잠	참	캄	탐	팜	함
검	넘	덤	럼	멈	범	섬	엄	점	첨	컴	텀	펌	험
곰	놈	돔	롬	몸	봄	솜	옴	좀	촘	콤	톰	폼	홈
굼	눔	둠	룸	뭄	붐	숨	움	줌	춤	쿰	툼	품	훔
금	늠	듬	름	믐	븜	슴	음	즘	츰	큼	틈	픔	흠
김	님	딤	림	밈	빔	심	임	짐	침	킴	팀	핌	힘
갬	냄	댐	램	맴	뱀	샘	앰	잼	챔	캠	탬	팸	햄

62

1-3-5

강	낭	당	랑	망	방	앙	상	장	창	캉	탕	팡	항
겅	넝	덩	렁	멍	벙	성	엉	정	청	컹	텅	펑	헝
공	농	동	롱	몽	봉	송	옹	종	총	콩	통	퐁	홍
궁	눙	둥	룬	뭉	붕	숭	웅	중	충	쿵	퉁	풍	훙
긍	능	등	릉	믕	븡	승	응	증	층	큼	틍	픙	흥
깅	닝	딩	링	밍	빙	싱	잉	징	칭	킹	팅	핑	힝
갱	냉	댕	랭	맹	뱅	생	앵	쟁	챙	캥	탱	팽	행

눈	언 니	어 른	반 찬
자 전 거	김 치	남 자	바 람
점 심	컴 퓨 터	형	빵
가 방	땅 콩	비 행 기	안 경
등 산	공 원	건 강	화 장 품

| 單字學習 | 1-3-7

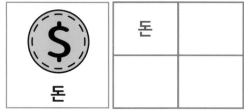

돈	

錢

선생님	

老師

친 구	

朋友

사 람	

人

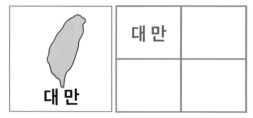

대 만	

台灣

여 행	

旅行

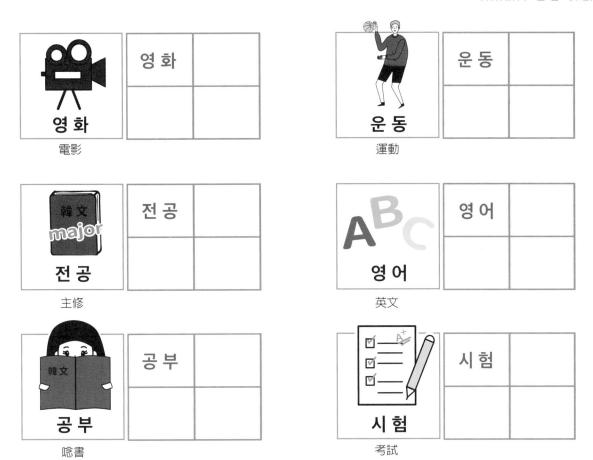

	영화	
영 화 電影		

	운동	
운 동 運動		

	전공	
전 공 主修		

	영어	
영 어 英文		

	공부	
공 부 唸書		

	시험	
시 험 考試		

| 請聽完單字後，填入尾音以便完成單字 |

1-3-8

사 .... 　　 야 .... 　　 사 라 ....

아 치 .... 　　 고 .... 　　 바 지 ....

가 바 .... 　　 미 아 .... 　　 모 ....

ㄹ = ㄼ = ㄽ = ㄾ = ㅀ **04** 1-3-9

갈	날	달	랄	말	발	살	알	잘	찰	칼	탈	팔	할
걸	널	덜	럴	멀	벌	설	얼	절	철	컬	털	펄	헐
골	놀	돌	롤	몰	볼	솔	올	졸	촐	콜	톨	폴	홀
굴	눌	둘	룰	물	불	술	울	줄	출	쿨	툴	풀	훌
글	늘	들	를	믈	블	슬	을	즐	츨	클	틀	플	흘
길	닐	딜	릴	밀	빌	실	일	질	칠	킬	틸	필	힐
갤	낼	댈	랠	맬	밸	샐	앨	잴	챌	캘	탤	팰	햌

ㄱ = ㅋ = ㄲ = ㄳ = ㄺ **05** 1-3-10

각	낙	닥	락	막	박	삭	악	작	착	칵	탁	팍	학
걱	넉	덕	럭	먹	벅	석	억	적	척	컥	턱	퍽	헉
곡	녹	독	록	목	복	속	옥	족	촉	콕	톡	폭	혹
국	눅	둑	룩	묵	북	숙	욱	죽	축	쿡	툭	푹	훅
극	늑	득	륵	믁	븍	슥	윽	즉	측	큭	특	픅	흑
긱	닉	딕	릭	믹	빅	식	익	직	칙	킥	틱	픽	힉
객	낵	댁	랙	맥	백	색	액	잭	책	캑	택	팩	핵

ㅂ ＝ ㅍ ＝ ㅄ ＝ ㄿ
1-3-11

갑	납	답	랍	맙	밥	삽	압	잡	찹	캅	탑	팝	합
겁	넙	덥	럽	멉	법	섭	업	접	첩	컵	텁	펍	헙
곱	놉	돕	롭	몹	봅	솝	옵	좁	촙	콥	톱	폽	홉
굽	눕	둡	룹	뭅	붑	숩	웁	줍	춥	쿱	툽	풉	훕
급	늡	듭	릅	릅	븝	습	읍	즙	춥	큽	틉	픕	흡
깁	닙	딥	립	밉	빕	십	입	집	칩	킵	팁	핍	힙
갭	냅	댑	랩	맵	뱁	샙	앱	잽	챕	캡	탭	팹	햅

ㄷ ＝ ㅌ ＝ ㅅ ＝ ㅆ ＝ ㅈ ＝ ㅊ ＝ ㅎ
1-3-12

갓	낮	닻	랏	맛	밭	삿	앗	잣	찻	캇	탔	팥	핫
겉	넛	덯	럿	멋	벗	섰	었	젖	첫	컷	텃	펐	헛
곧	놋	돛	롯	못	봇	솟	옷	좋	촛	콧	톳	폿	홋
굿	눈	듯	롯	뭇	붓	숯	웃	줏	춋	콧	툿	풋	훗
긋	늦	듲	릇	뭊	붗	숫	읕	줒	춫	큩	틋	픗	흩
깃	닛	딪	릿	밑	빛	싣	있	짓	칫	킷	팃	핏	힛
갰	냈	댔	랬	맻	뱃	샛	앳	잿	챘	캤	탰	팼	햇

컵	식당	낮잠	택시
텔레비전	그릇	학교	핫도그
공책	집	저녁	신발
젓가락	숟가락	햇빛	물
볼펜	곧장	책상	인터넷

| 單字學習 | 1-3-14

한국
한국
韓國

날씨
날씨
天氣

내일
내일
明天

가족
가족
家人

슈퍼마켓
슈퍼마켓
超市

오늘
오늘
今天

꽃
꽃
花

학생
학생
學生

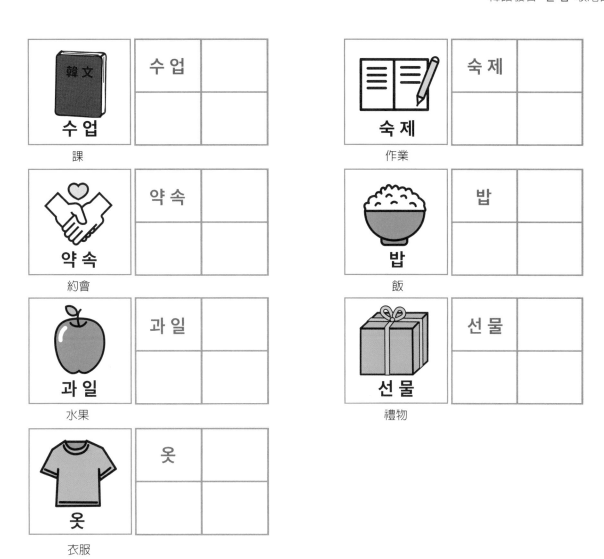

수업 課	수업	
약속 約會	약속	
과일 水果	과일	
옷 衣服	옷	

숙제 作業	숙제	
밥 飯	밥	
선물 禮物	선물	

| 請聽完單字後，填入尾音以便完成單字 | 1-3-15

마 ....

노차 ....

이 시 ....

교 시 ....

수 바 ....

채 ....

이 ....

따 기 ....

구 ....

韓語發音

발음 규칙　發音規則

연음법칙　連音-單收尾音/雙收尾音
以「ㅎ」為尾音時的發音
구개음화　口蓋音化
경음화　硬音化
비음화　鼻音化
ㄴ+ㄹ　發音

01 연음법칙 連音–單收尾音/雙收尾音

尾音（單收尾音/雙收尾音）＋子音「ㅇ」時，尾音與隔壁的母音結合，說時要連音過去。

例 1. 낫에 [나세]　2. 낯에 [나제]　3. 없어요 [업써요]　4. 읽어요 [일거요]

웃 어 요　......................................　있 어 요　......................................

살 아 요　......................................　닫 아 요　......................................

먹 어 요　......................................　좋 아 요　......................................

맛 있 어 요　......................................　같 아 요　......................................

맞 아 요　......................................　입 어 요　......................................

02 以「ㅎ」為尾音時的發音

A. 脫落：尾音「ㅎ」＋子音「ㅇ」時，「ㅎ」音會消失。

例 1. 좋아요 [조아요]　2. 좋아해요 [조아해요]

B. 破音化：尾音「ㅎ」前後有子音「ㄱ、ㄷ、ㅂ、ㅈ」時，會轉成氣音「ㅋ、ㅌ、ㅍ、ㅊ」。

| ㅎ | ＋ | ㄱ | → | ㅋ | | 例 축하 [추카]　이렇게 [이러케] |

| ㅎ | ＋ | ㄷ | → | ㅌ | | 例 좋다 [조타]　많다 [만타] |

| ㅎ | ＋ | ㅂ | → | ㅍ | | 例 십호 [시포]　입학 [이팍] |

| ㅎ | ＋ | ㅈ | → | ㅊ | | 例 쌓지 [싸치]　좋지만 [조치만] |

C. 尾音「ㄱ、ㄷ(ㅅ、ㅈ、ㅊ)、ㅂ、ㅈ」＋子音「ㅎ」→「ㅋ、ㅌ、ㅍ、ㅊ」。

例　1. 백화점 [배콰점]　　　2. 맏형 [마텽]　　　　　3. 꽂히다 [꼬치다]
　　 4. 좁히다 [조피다]　　　5. 깨끗해요 [깨끄태요]

D. 鼻音化：尾音「ㅎ」＋子音「ㄴ」，尾音「ㅎ」改發「ㄴ」的音。

例　1. 좋네요 [존네요]　　　2. 쌓네 [싼네]　　　3. 놓는 [논는]

E. 弱化：尾音「ㄴ、ㄹ、ㅁ、ㅇ」＋子音「ㅎ」時，「ㅎ」會弱化至不發音。

例　1. 전화 [저놔]　　　2. 쌀쌀해요 [쌀싸래요]　　　3. 심심해요 [심시매요]
　　 4.안녕하세요 [안녕아세요]

03 구개음화 口蓋音化

收尾音「ㄷ/ㅌ」＋「이」時，「ㄷ/ㅌ」→「ㅈ/ㅊ」。

例　1. 같이 [가치]　　2. 해돋이 [해도지]　　3. 굳이 [구지]　　4. 맏이 [마지]

04 경음화 硬音化

A.「ㄱ/ㄷ/ㅂ」＋子音「ㄱ/ㄷ/ㅂ/ㅅ/ㅈ」時，子音改發「ㄲ/ㄸ/ㅃ/ㅆ/ㅉ」。

例　1. 떡국 [떡꾹]　　2. 입다 [입따]　　3. 떡볶이 [떡뽀끼]　　4. 옷솜 [온쏨]
　　 5. 박쥐 [박쮜]

B.「ㄴ/ㄹ/ㅁ/ㅇ」＋子音「ㄱ/ㄷ/ㅂ/ㅅ/ㅈ」時，子音改發「ㄲ/ㄸ/ㅃ/ㅆ/ㅉ」。

例　1. 문법 [문뻡]　　2. 한자 [한짜]　　3. 글자 [글짜]　　4.실수 [실쑤]
　　 5. 곰국 [곰꾹]　　6. 용돈 [용똔]

비음화 鼻音化

尾音「ㄱ/ㄷ,ㅌ,ㅅ,ㅈ,ㅊ,/ㅂ,ㅍ」+鼻音「ㄴ/ㅁ/ㅇ」的頭音時，尾音會鼻音化成「ㅇ/ㄴ/ㅁ」。

A.「ㄱ」+「ㄴ/ㅁ/ㅇ」→「ㅇ」+「ㄴ/ㅁ/ㅇ」

例 1. 먹는다 [멍는다]　　2. 학년 [항년]　　3. 국민 [궁민]

B.「ㄷ,ㅌ,ㅅ,ㅈ,ㅊ,」+「ㄴ/ㅁ/ㅇ」→「ㄴ」+「ㄴ/ㅁ/ㅇ」

例 1. 믿는다 [민는다]　　2. 맡는다 [만는다]　　3. 벗는다 [번는다]
　　4. 있는 [인는]　　　　5. 찾는다 [찬는다]　　6. 쫓는다 [쫀는다]

C.「ㅂ,ㅍ」+「ㄴ/ㅁ/ㅇ」→「ㅁ」+「ㄴ/ㅁ/ㅇ」

例 1. 입맛 [임맏]　　　2. 옆문 [염문]

06 ㄴ+ㄹ 發音

「ㄴ」在「ㄹ」的前面時，「ㄴ」→「ㄹ」。

例 1. 연락 [열락]　　2. 진리 [질리]　　　3. 한류 [할류]

會話練習
與
語句解説

제 1 과

안녕하세요?

您好嗎?

앤 디 : 안녕하세요?   您好嗎？
　　　　저는 앤디예요.   我是Andy。

임이정 : 안녕하세요?   您好嗎？
　　　　저는 임이정이에요.   我是林怡婷。

앤 디 : 한국 사람이에요?   你是韓國人嗎？

임이정 : 아니요. 대만 사람이에요.   不是的，我是台灣人。
　　　　앤디 씨는 어느 나라 사람이에요?   Andy先生，你是哪國人呢？

앤 디 : 저는 미국 사람이에요.   我是美國人。

임이정 : 아, 그래요?   喔！是喔？
　　　　만나서 반갑습니다.   很高興認識你。

앤 디 : 만나서 반갑습니다.   很高興認識你。

단어　單字	2-1-2
저	「我」的敬語
한국	韓國
사람	人
아니요	不是
대만	台灣
씨	先生；小姐
미국	美國
어느	哪一

대화 본문 설명 會話解說

1. 안녕하세요?　您好嗎？

這句話是對長輩、年紀比自己大或第一次見面時禮貌的說法。

2. 저는 앤디예요.　我是Andy。

저	는	앤디	예요.
我		Andy	是
	主詞助詞		動詞

> 韓文有二種「我」的說法
> (1) 「저」，跟長輩說話用的敬語。
> 例　저는 앤디예요. （我是Andy。）
> (2) 「나」，對朋友或晚輩時使用半語。
> 例　나는 앤디야. （我是Andy。）

3. 한국 사람이에요?　你是韓國人嗎？

한국	사람	이에요?
韓國	人	是嗎？

→ 在這一句話裡，省略了主詞「你」。

4. 아니요. 대만 사람이에요.　不是，我是台灣人。

아니요.	대만	사람	이에요.
不是的	台灣	人	是

→ 在這一句話裡，省略了主詞「我」。

> 回答時可用
>
> 네（是）來表示肯定，用아니요（不是）來表示否定。
>
> 例　A: 선생님이에요?（你是老師嗎？）
>
> 　　B: 아니요. 학생이에요.（不是，我是學生。）

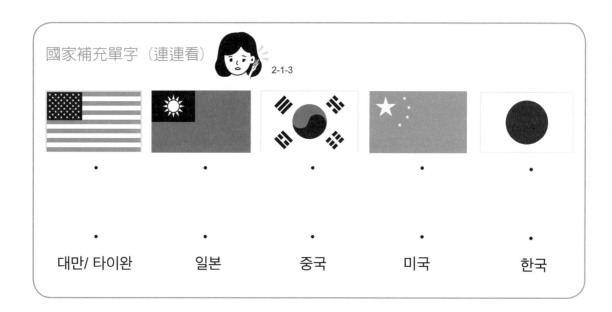

國家補充單字（連連看）　2-1-3

대만/ 타이완　　일본　　중국　　미국　　한국

5. 앤디 씨는 어느 나라 사람이에요?　Andy先生，你是哪國人？

앤디	씨	는	어느	나라	사람	이에요 ?
Andy	先生		哪一	國家	人	是
		主詞助詞	形容詞	名詞		動詞

→ 這個句子也省略了主詞「你」。
「어느」是「疑問形容詞」，後面需加上「名詞」。

例　어느 나라 사람이에요?（哪國人？）

6. 저는 미국 사람이에요.　我是美國人。

저	는	미국	사람	이에요.
我		美國	人	是
	主詞助詞			動詞

例　한국+사람= 한국 사람
（ 國家名+人= 韓國人 ）　2-1-4

스페인 、 한국 、 대만 、 독일 、 프랑스 、 미국 、 중국 、 영국 、 일본、 캐나다

7. 아, 그래요?　喔！是喔？

→ 這句話是回應對方的回答，在這裡沒有特別的意思。

依狀況不同可以有不同的解釋，像是中文的「喔～」、「恩恩」、「原來如此」、「是唷…」等意思 。

8. 만나서 반갑습니다.　很高興認識你。

만나	서	반갑습니다.
認識、見面	因為	很高興

→ 當對方說這句話時，回他一樣的話即可。
　就像是英文的「Nice to meet you.」。

문법 文法

01 「이에요/예요」表示「是…」的意思

이에요和예요的意思一樣，加在句尾。
在韓文名詞有收尾音(받침) 時，後面接이에요；沒有收尾音時, 接 예요。

받침○	받침×
책（書）	모자（帽子）
선생님（老師）	친구（朋友）

練習

저는 임이정이에요.	我是林怡婷。
저는 앤디예요.	我是Andy。
저는 _____이에요/예요. (放入自己的名字)	我是_____。

1. 저는 수지 （이에요 / 예요）.   我是秀智。

2. 저는 대만 사람 （이에요 / 예요）.   _____

3. 저는 학생 （이에요 / 예요）.   _____

4. 엄마는 선생님 （이에요 / 예요）.   _____

5. 선생님은 한국 사람 （이에요 / 예요）. _____

02 語 調

韓文問句和直述句的差別在於在句尾的語調（上升或下降）不同。

학생이에요? ↗ 是學生嗎？　　　학생이에요. ↘ 是學生。

問句語調上揚　　　　　　　　直述句語調下降

 2-1-5

1. 친구예요? 是朋友嗎？　　　친구예요. 是朋友。
2. 가수예요? 是歌手嗎？　　　가수예요. 是歌手。
3. 김치예요? 是泡菜嗎？　　　김치예요. 是泡菜。
4. 선물이에요? 是禮物嗎？　　선물이에요. 是禮物。
5. 오늘이에요? 是今天嗎？　　오늘이에요. 是今天。

練 習

가방이에요?	_____	○ ↗ ○ ↘
돼지예요.	_____	○ ↗ ○ ↘
돈이에요.	_____	○ ↗ ○ ↘
미역국이에요?	_____	○ ↗ ○ ↘
우유예요.	_____	○ ↗ ○ ↘

03 「네 / 아니요」表示「是的 / 不是的」

一般沒有疑問詞的疑問句，回答時，肯定用「네」：表示「 對、是、好、有…」；
否定用「아니요」：表示「不對、不是、不好、沒有…」，而且回答時一定會使用，
不像中文裡常會省略。

네, 한국 사람이에요.

아니요. 대만 사람이에요.

練習

1. A: 가수예요?　　　　　　　　　　A: 是歌手嗎？
   B: _____, 가수예요.　　B: 是，是歌手。

2. A: 일본 사람이에요?　　　　　　　_____
   B: _____. 대만 사람이에요.　_____

3. A: 어머니예요?　　　　　　　　　　_____
   B: _____. 이모예요.　　_____

4. A: 오빠예요?　　　　　　　　　　　_____
   B: _____, 오빠예요.　　_____

04 主詞助詞「ー는/ー은」

는或은即為主詞助詞，加在主詞的後面，沒有特別的意思。

在韓文名詞有收尾音 (받침) 時用은，主詞沒有收尾音時用는。

2-1-6

1. 저는 앤디예요.　　我是Andy。
2. 선생님은 바빠요.　老師在忙。
3. 나는 학생이에요.　我是學生。
4. 오빠는 친절해요.　哥哥很親切。
5. 이정은 귀여워요.　怡婷很可愛。

練習

1. 저 ＿＿＿＿＿＿＿ 선생님이에요.　　我是老師　。

2. 선생님 ＿＿＿＿＿＿＿한국 사람이에요.　＿＿＿＿＿＿＿＿＿＿

3. 어머니 ＿＿＿＿＿＿＿ 예뻐요.　　＿＿＿＿＿＿＿＿＿＿

4. 누나 ＿＿＿＿＿＿＿아파요.　　＿＿＿＿＿＿＿＿＿＿

5. 카메라 ＿＿＿＿＿＿＿커요.　　＿＿＿＿＿＿＿＿＿＿

05 「어느」表示「哪一」

「어느」是疑問形容詞，表示許多事物中的「哪一個」，相當於英文的
「which」，不能單獨用。

어느+N. 「어느」後面必須要加上「名詞」。

例　어느 나라　　(哪一個國家)

　　어느 거　　　(哪一個)

　　어느 학교　　(哪一個學校)

　　어느 학생　　(哪一個學生)

2-1-7

1. A: 어느 학교 학생이에요?　　你是哪一個學校的學生？

　　B: Wenzao 학생이에요.　　我是文藻的學生。

2. A: 어느 영화 좋아해요?　　你喜歡哪一部電影？

　　B: 코미디 영화 좋아해요.　　我喜歡喜劇電影。

練習

1. A: _____ 나라 사람이에요?　　A: 妳是哪裡人？

　　B: 대만 사람이에요.　　　　　　　B: 我是台灣人。

2. A: _____ 책이 어려워요?　　_____

　　B: 영어 책이 어려워요.　　　　　　_____

韓國人說話禮節：존대말/敬語 + 반말/半語

韓國人都很注重禮節，對於輩分關係更是非常的注重，

所以學韓語最重要的就是能夠區分敬語跟半語以及使用的時機。

韓國人與初次見面的人進行對話前，都會先認清對方的年齡或對方跟自己的關係，才決定要以什麼方式去說話，差別就在語尾結構有所謂的敬語(존대말)與半語 (반말) 兩種。

존대말 敬語

對於第一次見面、正式場合或比年紀位階自己大的人所使用。

即是下對上的關係，例：父母親、兄姐、學長姐、位階比自己高的人等。

像是中文的 "您好"、 "感謝您"。

안녕하세요.

감사합니다.

아닙니다.

반말 半語

對下的關係，通常是會對熟識的朋友或比自己年紀小的弟妹、學弟妹、孩子或是很親近的人之間使用。像是中文的 "嗨"、 "謝謝"。

안녕!

고마워!

아니야.

연습문제 自我測驗

1.聽完題目後，選擇正確的回應答案。 2-1-8

1) ☐ 안녕하세요?　　　　☐ 미국 사람이에요.

2) ☐ 안녕히 가세요.　　　☐ 만나서 반갑습니다.

3) ☐ 네, 한국 사람이에요.　☐ 아니요. 한국 사람이에요.

4) ☐ 한국 사람이에요.　　☐ 저는 앤디예요.

2. 將正確的國家韓文填進去相對應的位置上。

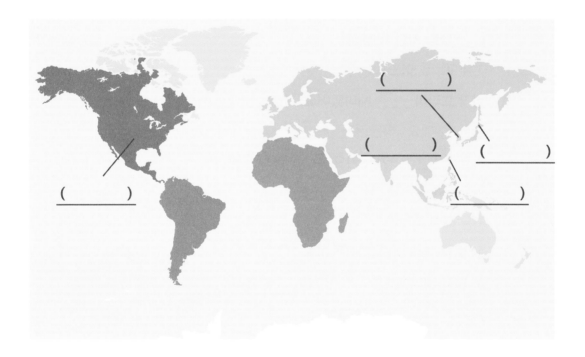

3. 請在空格內填入正確的答案。

 1) 저는 빅뱅 _____.

 2) 선생님 _____ 일본 사람이에요.

 3) 아버지 _____ 회사원이에요.

 4) A: 미국 사람이에요?

   B: _____ . 중국 사람이에요.

 5) A: 선생님이에요?

   B: _____. 선생님이에요.

4.請選出正確的答案。

   1) (   ) ____나라 사람이에요?
                ①누구   ②어느   ③뭐

   2) (   ) 한국 드라마 ____ 재미있어요.
                ①는   ②예요   ③은

   3) (   ) 미국 사람____ 키가 커요.
                ①은   ②는   ③가

   4) (   ) 저는 대만 사람 _____.
                ① 예요   ② 아니요   ③ 이에요

   5) (   ) A: 남자 친구예요?
                B: _____ , 남자 친구예요.
                ① 아니요   ② 네   ③ 안녕하세요

5.請在空格內填入適當的答案。

학생이에요?

＿＿＿＿＿＿＿＿＿＿
（肯定回答）

미국 사람이에요 ?

＿＿＿＿＿＿＿＿＿＿
（是台灣人）

빅뱅은 가수예요?

＿＿＿＿＿＿＿＿＿＿
（肯定回答）

선생님은 대만 사람이에요?

＿＿＿＿＿＿＿＿＿＿
（是韓國人）

제 2 과

이름이 뭐예요?

你叫什麼名字?

회화　會話  2-2-1

임이정 : 안녕하세요? 저는 임이정이에요. 　　　　您好，我是林怡婷。
　　　　이름이 뭐예요? 　　　　　　　　　　請問你叫什麼名字？

샤오밍 : 샤오밍이에요. 　　　　　　　　　　我叫小明。

임이정 : 샤오밍 씨는 학생이에요? 　　　　　　小明先生是學生嗎？

샤오밍 : 네, 학생이에요. 　　　　　　　　　　是的，我是學生。

임이정 : 전공이 뭐예요? 　　　　　　　　　　你的主修是什麼？

샤오밍 : 한국어예요. 　　　　　　　　　　　是韓文。

임이정 : 한국어가 어때요? 　　　　　　　　　韓文怎麼樣？

샤오밍 : 재미있어요. 　　　　　　　　　　　很有趣。

단어　單字	2-2-2
이름	名字
학생	學生
전공	主修(專攻)
한국어	韓文
재미있어요	有趣
어때요?	怎麼樣?

대화 본문 설명　會話解說

1.**안녕하세요? 저는 임이정이에요.** 您好，我是林怡婷。

　→ 見面第一句話說「**안녕하세요?** 」打完招呼後 ，再介紹自己
　　「**저는 임이정이에요.**」

2. **이름이 뭐예요?** 你叫什麼名字?

이름	이	뭐	예요?
名字		什麼	是
	主詞助詞		動詞

> 這句話是用來詢問同輩或是比自己小的不太認識的人。
> 不適用於詢問長輩，對長輩必須要用更高階的敬語
> 「성함이 어떻게 되세요? （請問您怎麼稱呼？）」。

3. **샤오밍이에요.** 我是小明。

　→ 這句話只回答了叫什麼名字，回答時也可以加上姓氏，比較有禮貌。

例　A: **이름이 뭐예요?** （你叫什麼名字？）

　　B: **정　은지예요** （我的名字是鄭恩智。）
　　　 姓　 名
　　　 (鄭)(恩智)

4. 샤오밍 씨는 학생이에요?　小明先生，你是學生嗎？

샤오밍	씨	는	학생	이에요 ?
小明	先生		學生	是
		主詞助詞		動詞

> 씨不分性別，表示「先生」或是「小姐」的意思。
> 在韓國，當叫對方名子後會加上「씨」，是比較有禮貌的說法。
> 「全名/名字 + 씨」表示「先生/小姐」
>
> 例　정은지 씨（鄭恩智小姐），은지 씨（恩智小姐）
>
> 但是要注意，不可以單用姓氏+씨，是很不禮貌的。
>
> 例　정 씨（姓鄭的）

5. 네, 학생이에요.　是的，我是學生。

네	학생	이에요.
是的	學生	是
		動詞

→ 這裡兩個的句子主詞「你」、「我」都省略了，句型與前一單元相同。

6. 전공이 뭐예요?　你的主修是什麼？

전공	이	뭐예요 ?
主修		是什麼 ?
	主詞助詞	

7. 한국어예요. 是韓文。

한국어   예요.
   韓文   是
              動詞

其他的學科 (과) 補充單字 2-2-3

일본어	日文	한국어	韓文
독일어	德文	통번역	翻譯
프랑스어	法文	응용 중국어	應用華語
스페인어	西班牙文	외국어 교육	外語教學

> 선생님의 한 마디 老師的話
>
> 國家名+어 表示該國語言的韓文,「어」在這裡有文、語的意思。
>
> 한국 (韓國) +어 = 한국어 (韓語)
>
> 중국 (中國) +어 = 중국어 (中文)
>
> 일본 (日本) +어 = 일본어 (日語/日文)
>
> 영국 (英國) +어 = 영어   (英語/英文)

8. 한국어가 어때요? 韓文怎麼樣?

→「...어때요?」表示「...怎麼樣?」,像是英文的「how」。

例   A: Wenzao 가 어때요? (文藻怎麼樣?)

     B: 좋아요. (很好。)

01 主詞助詞「-가/-이」

上一單元我們學到主詞助詞「는/은」，這個單元要學新的主詞助詞「가/이」。
這兩個主詞助詞在使用上有些許的差別。

沒有收尾音	有收尾音	使用狀況
는	은	1.說明在文章或會話中，再次提到的主詞。 2.強調對比中，陳述特定的事實。 3.加強語氣、強調主詞後的事情、動作。
가	이	1.說明在文章或會話中，第一次提到的主詞。 2.陳述一般的事實。 3.說明事實、強調助詞前的主詞。

1.

「는/은」: 그 집은 산 위에 있어요. 那個房子在山上。

⎣→ 重點是房子的位置。

「가/이」: 저기 집이 있어요. 那裡有房子。

⎣→ 只是敘述一件事實。(有房子)

2.

「는/은」: 앤디는 왔어요. Andy 來了。

⎣→ 重點是Andy來了沒有。

「가/이」: 앤디가 왔어요. Andy 來了。

⎣→ 說明來的人就是「Andy」。

| 말해보세요　說看看 | 2-2-4

1. 비가 와요.　　　　　下雨了。
2. 친구가 와요.　　　朋友會來。
3. 김치가 맛있어요.　泡菜好吃。

| 연습해보세요　練習看看 |

請圈出正確的答案，並寫出中文意思

1. 이정 씨(이/ **가**) 학생이에요.　　怡婷小姐是學生。

2. 전공(이 / 가) 한국어예요.

3. 기분(이 / 가) 좋아요.

4. 사람(이 / 가) 많아요.

5. 친구(이 / 가) 가요.

02 「뭐」表示「什麼」

口語的「뭐」是書面語「무엇」轉變而來的。

무엇 → 무어 → 뭐

「뭐（什麼）」是「疑問代名詞」，可當「主詞」或「受詞 」。
「主詞」> 뭐가 맛있어요? (什麼好吃?)
「受詞」> 이정 씨는 뭐를 좋아해요? (怡婷小姐，妳喜歡什麼?)

| 말해보세요　說看看 | 2-2-5

1. 뭐가 재미있어요 ?　　　　有什麼有趣的 ?

2. 뭐를 해요 ?　　　　　　　在做什麼 ?

| 연습해보세요　練習看看 |

請在下列空格中填入正確的答案

1. A: 이게 ＿＿＿＿＿＿＿＿ 예요?　　　A: 這個是什麼?

　 B: 책이에요.　　　　　　　　　　　B: 這是書。

2. A: 이정 씨가 ＿＿＿＿＿＿ 를 먹어요?

　 B: 김치를 먹어요.

102

뭐 vs 어느 比較

「뭐（什麼）」是疑問代名詞，必須單獨使用當作主詞或受詞。

例 뭐가 재미있어요?
什麼比較好看？

「어느（哪一個）」是疑問形容詞無法單獨使用，需加名詞才可當主詞或受詞。

例 어느 영화가 재미있어요?
哪一部電影比較好看？

| 연습해보세요　練習看看 |

請在下列空格中填入正確的答案

1. (뭐/어느) 나라 좋아해요?　　　　..

2. 이름이 (뭐/어느)예요?　　　　　　..

3. 이정 씨는 (뭐/어느)학교 학생이에요?　..

03 「主詞＋主詞助詞이/가＋어때요?」

「主詞＋이/가（主詞助詞）＋어때요?」
表示「…怎麼樣？」這個句型有時候會省略主詞助詞。

A: **한국어가** 어때요?　　　　韓文怎麼樣？

B: 어려워요.　　　　　　　　很難。

A: **Wenzao학생이** 어때요?　　文藻學生怎麼樣？

B: 예뻐요.　　　　　　　　　漂亮。

말해보세요　說看看

 2-2-6

1. 영어가 어때요?　　　　英文怎麼樣？

2. 오빠가 어때요?　　　　哥哥怎麼樣？

3. 선물이 어때요?　　　　禮物怎麼樣？

연습해보세요　練習看看

請在下列空格中填入正確的答案

1. A: 미국 영화 _____ 어때요?　　A: 美國電影怎麼樣？

   B: 재미있어요.　　　　　　　　　B: 很好看。

2. A: 선생님 _____ 어때요?

   B: 바빠요.

3. A: 이정 씨 _____ 어때요?

   B: 예뻐요.

말해보세요 說看看  2-2-7

임이정 : 사유리 씨는 학생이에요?

사유리 : 네, 학생이에요.

임이정 : 전공이 뭐예요?

샤오밍 : 한국어예요.

임이정 : 한국어가 어때요?

샤오밍 : 재미있어요.

練習

利用目前為止學習過的單字，套入對話練習看看

| 일본어/독일어/프랑스어/스페인어/응용 중국어/외국어 교육/통번역/한국어 | 재미있어요/재미없어요/어려워요/간단해요/좋아요/싫어요 |

임이정: 전공이 뭐예요?

사유리: ＿＿＿＿＿＿ 예요.

임이정: ＿＿＿＿＿＿ 가 어때요?

사유리: ＿＿＿＿＿＿＿＿＿ .

1.聽完題目後，選擇正確的回應答案。 2-2-8

1) ☐ 임이정이에요.　　　☐ 미국 사람이에요.

2) ☐ 네, 학생이에요.　　☐ 아니요. 영어예요.

3) ☐ 영어예요.　　　　　☐ 아니요. 한국어예요.

4) ☐ 아니요. 재미있어요.　☐ 재미있어요.

2.請看圖片完成句子。

1) 학생이에요?　　　2) 전공이 뭐예요?　　　3) 기자예요?

こんにちは

_____　　_____　　_____

3.請在空格内填入正確的答案。

1) 선생님_____한국 사람이에요.

2) 레이 씨 _____학생이에요.

3) A: 이게 _____예요?　　B: 꽃이에요.

4) A: 대만 _____어때요?　　B: 좋아요.

5) A: 남자 친구_____어때요?　　B: 멋있어요.

4.請選出正確的答案。

1) (　　　) _____하세요?

　　　①이름　②학생　③안녕

2) (　　　) A: 전공___ 뭐예요 ?

　　　B: 영어예요.

　　　①가　②이　③는

3) (　　　) A: 영어가 _____ ?

　　　B: 재미있어요.

　　　①어때요　②선생님　③는

4) (　　　) A:전공이 뭐예요?

　　　B: _____.

　　　①학생이에요.　②일본이에요.　③한국어예요 .

5) (　　　) A:친구예요?

　　　B: _____. 엄마예요.

　　　①아니요　②네　③만나서

5.請看句子選出該用 "뭐" 還是 "어느" 。

1) A: _____학교 학생이에요?

　B: Wenzao 학생이에요.

2) A: 전공이_____예요?

　B: 영어예요.

3) A: _____나라 사람이에요?

　B: 저는 한국 사람이에요.

제 3 과

이분이 누구예요?

這位是誰？

임이정 : 이분이 누구예요?　　　　　　　這位是誰？

안　나 : 정진우 씨예요.　　　　　　　　是鄭鎮宇先生。

임이정 : 안녕하세요? 정진우 씨.　　　　您好，鄭鎮宇先生。
　　　　　저는 임이정이에요.　　　　　　我是林怡婷。

정진우 : 안녕하세요?　　　　　　　　　您好。
　　　　　임이정 씨는 선생님이에요?　　林怡婷小姐是老師嗎？

임이정 : 아니요, 선생님이 아니에요.　　不，我不是老師。
　　　　　학생이에요.　　　　　　　　　我是學生。
　　　　　정진우 씨는 직업이 뭐예요?　鄭鎮宇先生的職業是什麼？

정진우 : 한국어 선생님이에요.　　　　　是韓文老師。

단어　單字　2-3-2

이	這
저	那
분	位
선생님	老師
직업	職業

대화 본문 설명 會話解說

1.이분이 누구예요? 這位是誰？

이	분	이	누구	예요?
這	位		誰	是
		主詞助詞		動詞

→ 「이（這）」是形容詞，「이분（這位）」是敬語的用法，用以表示尊敬。

2. 정진우 씨예요. 是鄭鎮宇先生。

→ 「예요（是）」是動詞，加在句尾。在韓文名詞有收尾音（받침）時，後面接「이에요」；沒有收尾音時接「예요」。

3.임이정 씨는 선생님이에요? 林怡婷小姐是老師嗎？

임이정	씨	는	선생님	이에요?
林怡婷	小姐		老師	是
		助詞		動詞

→ 本句省略主詞「妳」。

4.아니요. 선생님이 아니에요. 不是，我不是老師。

→ 否定回答用「아니요」表示「不對，不是，不好，沒有…」

선생님	이	아니에요.
老師		不是
	助詞	動詞

● 「이」是主詞助詞，在這裡主詞是「선생님」有尾音（받침），
　要接助詞「이」；若主詞沒有尾音時接助詞「가」。
● 「아니에요（不是）」是動詞，放在句尾。

5.정진우 씨는 직업이 뭐예요? 鄭鎮宇先生的職業是什麼？

정진우	씨	는	직업	이	뭐	예요?
鄭鎮宇	先生		職業		什麼	是
		助詞		助詞		動詞

這句話是用來詢問同輩、或是比自己小的，不太認識的人。
不適用於詢問長輩，對長輩必須要用更高階的敬語。
例 직업이 어떻게 되세요? 請問您的職業是什麼？

職業補充單字（連連看） 2-3-3

배우	회사원	의사	요리사	기자

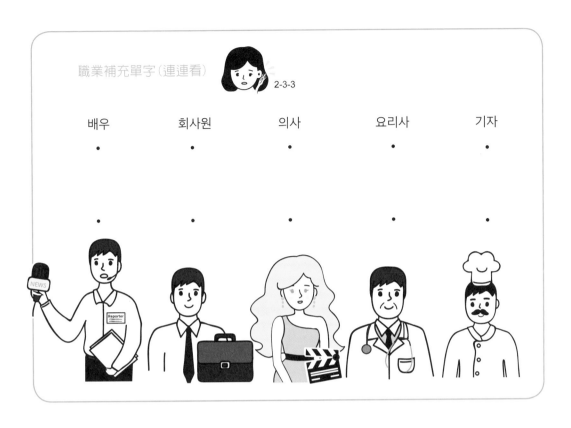

職業補充單字（連連看） 2-3-4

비서	간호사	경찰	통역사	변호사

01 이분「這位」/ 저분「那位」

● 「이（這）」和「저（那）」都是形容詞，加上「분（位）」，
　表示尊敬的語氣。
● 「이분（這位）」：靠近說話者的對象
● 「저분（那位）」：離說話者較遠的對象

> 如果對方比自己小可說：이 사람（這個人）、저 사람（那個人）

저분은 선생님이에요.
那位是老師。

이분은 이정 씨예요.
這位是怡婷小姐。

| 말해보세요　說看看 | ⋯ 2-3-5

1. 이분 / 이 사람　　這位 / 這個人

2. 저분 / 저 사람　　那位 / 那個人

| 연습해보세요　練習看看 |

請在下列空格中填入正確的答案

1. A: ＿＿＿＿＿＿＿ 이 누구예요?　　B: 선생님이에요.
　　那位是誰？

2. A: ＿＿＿＿＿＿＿ 이 오빠예요?　　B: 네, 제 오빠예요.
　　這位是哥哥嗎？

02 「누구」表示「誰/誰的…」

1. 當「누구」表示「誰」時，為疑問代名詞，可當主詞或受詞使用。

   例　저분이 누구예요?　那位是誰？

2. 當「누구」表示「誰的…」，為所有格。
   詢問這個東西是屬於誰的，可在物品前加上「누구」。
   這個用法，在下一課會做更詳細的解釋。

   例　이게 누구 가방이에요?　這是誰的包包？

| 말해보세요　說看看 | 2-3-6

1. 이분이 누구예요?　　　這位是誰呢?

2. 저분이 누구예요?　　　那位是誰呢?

3. 샤오밍 씨가 누구예요?　小明先生是誰呢?

| 연습해보세요　練習看看 |

請在下列空格中填入正確的答案，並寫出中文意思

1. A:이분이 ＿＿＿＿＿＿＿예요?　　A:那位是誰?

   B: 제 엄마예요.　　　　　　　　B: 是我媽媽。

2. A:이정 씨의 친구가 ＿＿＿＿＿＿예요?　A:

   B: 저예요.　　　　　　　　　　　B:

03 「…이/가 아니에요.」表示「不是…」

● 「아니에요」是表示否定的結尾句。
● 否定回答時，要先說「아니요」，後再接這個文法。

아니요,	主詞	이/가	아니에요.
（不是）	（東西或人）	（助詞）	（否定結尾）

↓
主詞若有尾音用「이」，沒有尾音用「가 」。

例　아니요, 물이 **아니에요**. 술이에요.
　　不是，這不是水，這是酒。

| 말해보세요　說看看 | 2-3-7

1. A: 이분이 샤오밍 씨예요?

　 B: 아니요, 샤오밍 씨가 아니에요.
　　 정진우 씨예요.

2. A: 저분이 선생님이에요?

　 B: 아니요, 선생님이 아니에요.
　　 학생이에요.

A: 這位是小明先生嗎？

B: 不是，不是小明先生 。
　　是鄭鎮宇先生。

A: 這位是老師嗎？

B: 不是，不是老師。
　　是學生。

| 연습해보세요　練習看看 |

請在下列空格中填入正確的答案，並寫出中文意思

1. A:이분이 엄마예요?

　 B: 아니요, 엄마_____ 아니에요.
　　 이모예요.

2. A:저분이 선생님이에요?

　 B: 아니요, 선생님_____
　　 아니에요. 아버지예요.

A:這位是媽媽嗎?

B: 不是，不是媽媽，
　　是阿姨。

A: ....

B: ....

| 말해보세요　說看看 | 2-3-8

임이정 : 이분이 누구예요?

안　나 : 정진우 씨예요.

임이정 : 안녕하세요? 정진우 씨. 저는 임이정이에요.

정진우 : 안녕하세요? 임이정 씨는 <u>선생님</u>이에요?

임이정 : 아니요. <u>선생님</u>이 아니에요. <u>학생</u>이에요.
　　　　정진우 씨는 직업이 뭐예요?

정진우 : <u>한국어</u> 선생님이에요.

練習

利用目前為止學習過的單字，套入對話練習看看

| 배우/회사원/기자/요리사/의사 간호사/경찰/비서/변호사/통역사 | 한국어/일본어/독일어/ 프랑스어/스페인어 |

임이정 : 이분이 누구예요?

안　나 : 정진우 씨예요.

임이정 : 안녕하세요? 정진우 씨. 저는 임이정이에요.

정진우 : 안녕하세요? 임이정 씨는 ＿＿＿＿＿이에요/예요?

임이정 : 아니요. ＿＿＿＿＿이/가 아니에요. ＿＿＿＿＿이에요/예요.
　　　　정진우 씨는 직업이 뭐예요?

정진우 : ＿＿＿＿＿＿ 선생님이에요.

연습문제 自我測驗

1.聽完題目後，選擇正確的回應答案。 2-3-9

1) □ 미나 씨예요.   □ 제 거에요.

2) □ 네, 레이예요.   □ 네, 선생님이에요.

3) □ 네, 맞아요.   □ 의사예요.

4) □ 아니요. 회사원이 아니에요. □ 네, 학생이에요.

2.請看圖片完成句子。

 老師(遠)

醫生(近)

1) A: (이분 / 저분)이 누구예요?

   B: 의사예요.

2) A: (이분 / 저분)이 누구예요?

   B: 선생님이에요.

3) A: 이분이 선생님이에요?

   B: 아니요. 선생님(이 / 가) 아니에요.

4) A: 저분이 의사예요?

   B: 아니요. 의사(이 / 가) 아니에요.

3.請在空格內填入正確的答案。

   1) A: 이분이 _____ 예요?

       B: 제 오빠예요.

   2) A: 저분이 선생님이에요?

       B: 아니요, 선생님 _____ 아니에요.

   3) A: _____ 이 오빠예요?

       B: 아니요. 이분은 제 선생님이에요.

   4) A: 이분이 간호사예요?

       B: 아니요, 간호사 _____ 아니에요.

   5) A: 이분이 경찰이에요?

       B: 아니요, 경찰 _____ 아니에요.

4.請選出正確的答案。

   1) (   ) _____ 이정 씨예요?

         ①저분이   ②이게   ③뭐가

   2) (   ) A : 이분이 앤디 씨예요?

          B : _____

         ①네, 학생이에요.   ② 아니요. 선생님이에요.

         ③아니요, 앤디 씨가 아니에요.

   3) (   ) 이분이 _____예요?

         ①뭐   ②누구   ③어느

   4) (   ) A: 사유리 씨가 _____?

         B: 예뻐요.

         ①어때요   ②누구예요   ③뭐예요

   5) (   ) A : 직업이 뭐예요?

          B : _____

         ①가방이에요.   ②선생님이에요.   ③제 거예요.

제 4 과

이게 뭐예요?

這是什麼?

임이정 : 앤디 씨, 이게 책이에요?　Andy 先生，這個是書嗎？

앤　디 : 아니요, 책이 아니에요.　不，這不是書。

임이정 : 그럼, 이게 뭐예요?　那麼，這是什麼？

앤　디 : 가방이에요.　是包包。

임이정 : 누구 거예요?　是誰的呢？

앤　디 : 제 거예요.　是我的。

임이정 : 참 멋있어요.　好漂亮呦。

앤　디 : 감사합니다.　謝謝。

단어　單字	2-4-2
게	東西
책	書
그럼	那麼
가방	包包
멋있어요	帥
참	真，真是

대화 본문 설명 會話解說

1.이게 책이에요? 這是書嗎？

이	게	책	이에요?
這	個	書	是
			動詞

● 「책」有尾音，所以後面接「이에요」。

● 「이（這）」是形容詞，可用於： 이게（這個）， 이분（這位）。

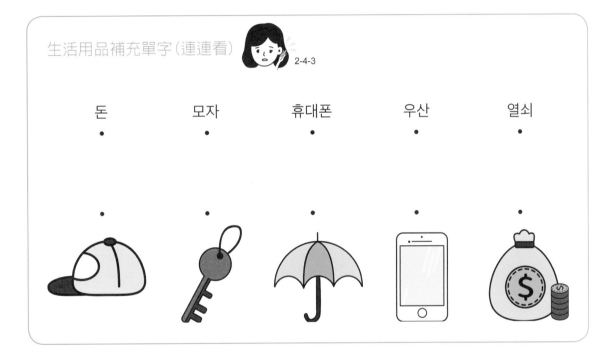

生活用品補充單字（連連看）　2-4-3

돈　　　모자　　　휴대폰　　　우산　　　열쇠

2.그럼, 이게 뭐예요?　那麼，這是什麼？

그럼,	이게	뭐	예요?
那麼	這個	什麼	是
			動詞

→ 「뭐（什麼）」這個字沒有尾音，後接「예요」。

例　이름이 뭐예요?
　　名字是什麼？

3. 누구 거예요? 是誰的呢？

● 原本這句話也可以說成：

누구 가방이에요? （是誰的包包？）

但在上下文中，為了避免「가방（包包）」重複出現，

所以用代名詞「거」取代。

● 「누구」有兩個意思：

(1) 當作主詞使用，表示「誰」。

> 例　누구예요?　　是誰？

(2) 或是當作所有格，表示「誰的...」。

> 例　누구 가방이에요?　是誰的包包？

「누구」後面不可以直接加「의」，通常都是接名詞。

前面有學到「的」的韓文是「의」，用法也跟中文相同。

例　나의 볼펜 （我的筆）

　　나의 구두 （我的皮鞋）

　　나의 모자 （我的帽子）

| 是誰的？ | 누구의 거예요? (Ｘ) |
| 누구 거예요? (Ｏ) |

| 這包包是誰的？ 이 가방은 누구의 거예요? (Ｘ) |
| 이 가방은 누구 거예요? (Ｏ) |

4. 제 거예요. 是我的。

「제」是「저（我）」的所有格，為對長輩說話時謙稱的用法。

「제」是由「저의」來的： 저 의 → 제
　　　　　　　　　　　　 我 的　　 我的

例　A: 이게 누구 가방이에요 ?　　　 這個是誰的包包 ?

　　B: 제 가방이에요. / 제 거예요.　 是我的包包。/ 是我的。

韓文有兩種「我」的說法，對應不同的所有代名詞：

(1)「저（我）」- 對長輩介紹自己時使用, 是比較尊敬對方的用法。

(2)「나（我）」- 對朋友, 晚輩說話時使用。

主格（我）	所有格（我的⋯）	例　　句	
저	제	저는 이정이에요. 제 거예요.	我是怡婷。 是我的東西。
나	내	나는 이정이에요. 내 거예요.	我是怡婷。 是我的東西。

5. 참 멋있어요. 好漂亮唷。

참　　　　　멋있어요 .
很　　　　　漂亮
副詞　　　　形容詞
　　　　　　↓

「멋있어요（漂亮）」是指：

(1) 形容東西漂亮，例如衣服、包包。

(2) 形容男生長得帥。而形容女生漂亮則要用「예뻐요」。

「참（很）」為副詞

同義的字還有：「정말」、「아주」、「매우」。

例　참 멋있어요. 很漂亮。

　　＝정말 멋있어요.

　　＝아주 멋있어요.

문법 文法

01 이게 / 這個；저게 / 那個

「이게（這個）」：指靠近說話者的東西。

「저게（那個）」：離說話者較遠的東西。

「이게/저게」原本是從「이 것이/저 것이」來的：

이	것	이
這	個	主詞助詞

저	것	이
那	個	主詞助詞

| 말해보세요　說看看 | 2-4-4

1. A: 이게 가방이에요?

   B: 네, 가방이에요.

   A: 這個是包包嗎？

   B: 是，是包包。

2. A: 저게 책이에요?

   B: 아니요, 책이 아니에요. 가방이에요.

   A: 那個是書嗎？

   B: 不是，不是書。是包包。

| 연습해보세요　練習看看 |

請在下列空格中填入正確的答案，並寫出中文意思

1. A: ＿＿＿＿＿＿＿ 뭐예요?

   B: 제 커피예요.

   A: 這是什麼？

   B: 是我的咖啡。

2. A: ＿＿＿＿＿＿ 가방이에요?

   B: 제 가방이에요.

   A:

   B:

02 「뭐예요?」表示「是什麼？」

뭐　　　예요 ?
什麼　　　是
　　　　　動詞

「뭐（什麼）」是疑問代名詞。
我們學過的句子如下：

例　이름이 뭐예요?　　你的名字是什麼？
　　전공이 뭐예요?　　你主修是什麼？

| 말해보세요　說看看 |

2-4-5

1. A: 이게 뭐예요?　　　　　　　　A: 這個是什麼？

　 B: 가방이에요.　　　　　　　　　B: 是包包。

2. A: 저게 뭐예요?　　　　　　　　A: 那個是什麼？

　 B: 책이에요.　　　　　　　　　　B: 是書。

| 연습해보세요　練習看看 |

請在下列空格中填入正確的答案，並寫出中文意思

1. A: 선생님 이름이 ＿＿＿＿＿ 예요?　　A: 老師的名字是什麼？

　 B: 정은영이에요.　　　　　　　　　B: 是鄭恩英。

2. A: 저게 ＿＿＿＿＿ 예요?　　　　　　A:

　 B: 연필이에요.　　　　　　　　　　B:

| 말해보세요　說看看 | 2-4-6

임이정: 앤디 씨, 이게 책이에요?

앤　디: 아니요. 책이 아니에요.

임이정: 그럼, 이게 뭐예요?

앤　디: 가방이에요.

임이정: 누구 거예요?

앤　디: 제 거예요.

임이정: 참 멋있어요.

앤　디: 감사합니다.

練 習

利用目前為止學習過的單字，套入對話練習看看

| 책/가방/돈/휴대폰/모자/우산/열쇠 | 멋있어요/예뻐요 |

임이정: 앤디 씨, 이게 _____ 이에요/예요?

앤디: 아니요. _____ 이/가 아니에요.

임이정: 그럼, 이게 뭐예요?

앤디: _____ 이에요/예요.

임이정: 누구 거예요?

앤디: 제 거예요.

임이정: 참 _____.

앤디: 감사합니다.

연습문제 自我測驗

1.聽完題目後，選擇正確的回應答案。 2-4-7

　　1) □ 네, 가방이에요.　□ 아니요, 책이 아니에요.

　　2) □ 이정 거예요.　　□ 가방이에요.

　　3) □ 감사합니다.　　□ 반갑습니다.

　　4) □ 제 거예요.　　　□ 우산이에요.

2.請看圖片選出正確的句子。

　　1) A: (이게 / 저게) 뭐예요?

　　　 B: 꽃이에요.

　　2) A: (이게 / 저게) 뭐예요?

　　　 B: 집이에요.

　　3) A: 이게 누구 꽃이에요?

　　　 B: (저예요. / 제 거예요.)

　　4) A: 저게 누구 집이에요?

　　　 B: (오빠예요. / 오빠 거예요.)

3.請參考中文並在空格內填入正確的韓文句子。

1) A: _____?   那是什麼?

   B: 열쇠예요.

2) A: _____?   是誰的呢?

   B: 제 거예요.

3) A: 이게 오빠 우산이에요?

   B: _____.   不是,是我的。

4) A: _____.   好漂亮唷。

   B: 감사합니다.

5) A: _____?   這手機是誰的呢?

   B: 제 거예요.

4.請選出正確的答案。

1) (   ) 이게 _____예요?

       ①누구 ②뭐 ③어느

2) (   ) 이게_____거예요?

       ①누구 ②뭐 ③어느

3) (   ) A:이 가방이 누구 거예요?

       B:제 거예요.

       A:_____.

       ①감사합니다. ②참 멋있어요. ③가방이에요.

4) (   ) A:이게 뭐예요?

       B:_____

       ①휴대폰이에요. ②선생님이에요. ③영어예요.

5) (   ) A:이게 누구 거예요?

       B:_____

       ①집이에요. ②사유리 씨예요. ③사유리 씨 거예요.

제 5 과

공책 있어요?

你有筆記本嗎?

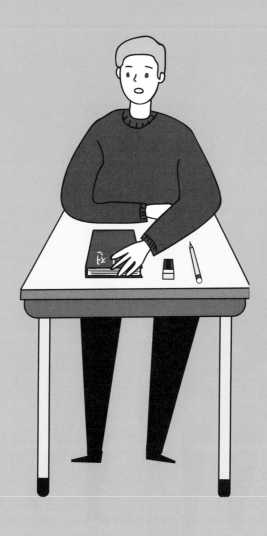

임이정 : 공책 있어요?　　　　　　　　　　　你有筆記本嗎？

앤　디 : 아니요, 없어요.　　　　　　　　　不，我沒有。

임이정 : 이거는 뭐예요?　　　　　　　　　　這個是什麼？

앤　디 : 사전이에요.　　　　　　　　　　　是字典。

임이정 : 저거는 볼펜이에요?　　　　　　　　那個是原子筆嗎？

앤　디 : 아니요. 연필이에요.　　　　　　　　不是的，是鉛筆。

임이정 : 그럼, 그거는 한국어로 뭐예요?　　　那麼，那個用韓文要怎麼說呢？

앤　디 : 지우개예요.　　　　　　　　　　　是橡皮擦。

단어　單字	2-5-2
공책	筆記本
이거	這個
저거	那個
그거	那個
사전	字典
연필	鉛筆
지우개	像皮擦

대화 본문 설명　會話解說

1.공책 있어요?　有筆記本嗎？

공책　　**있어요?**
筆記本　　有
　　　　　動詞

→「있어요」是動詞，表示「有」的意思。相反詞是「없어요.」（沒有）。
跟中文一樣，也可以這樣反問「공책 없어요?(沒有筆記本嗎?)」

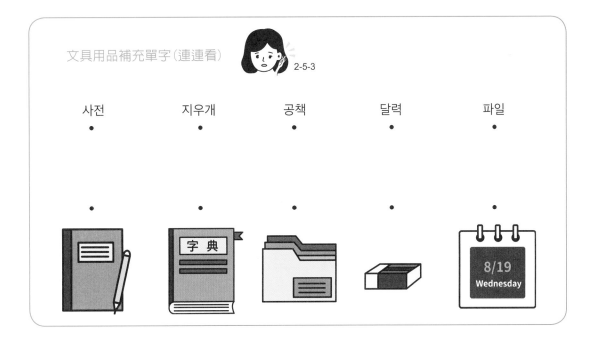

文具用品補充單字（連連看） 2-5-3

사전　　　지우개　　　공책　　　달력　　　파일

2.아니요, 없어요.　不，我沒有。

아니요,　　　**없어요.**
不是的，　　　　沒有

→「있어요?」的疑問句，回答時，肯定用「네, 있어요.」，
　否定用「아니요, 없어요.」。

3. 이거는 뭐예요?　這個是什麼？

이거	는	뭐	예요?
這個		什麼	是

主詞助詞 　動詞

이거的「거」是表示事物（代名詞），後面需要再加上助詞；
而之前學的「게」則是已經有加上助詞，所以不能再加助詞。

4. 저거는 볼펜이에요?　那個是原子筆嗎？

저거	는	볼펜	이에요 ?
那個		原子筆	是

主詞助詞 　動詞

5. 그거는 한국어로 뭐예요?　那麼，那個用韓文要怎麼說呢？

그거	는	한국어	로	뭐	예요?
那個		韓文	用	什麼	是

助詞 　動詞

「로」是中文的「用」、英文的「in」、「with」的意思。
使用於語言、交通工具和使用工具後面。

例　이거는 중국어로 뭐예요?　　這個的中文是什麼？
　　학교에 버스로 가요.　　搭公車去上學。
　　연필로 편지를 써요.　　用鉛筆寫信。

문법 文法

01 이거/저거/그거

- 「이거」：用在離說話者近、聽者遠的事物。
- 「그거」：用在離說話者遠、聽者近的事物。
- 「저거」：用在離說話者和聽者，兩者都遠的事物。

> 例　이거는 뭐예요? – 그거는 책이에요.
> 　　저거는 뭐예요? – 저거는 지도예요.
> 　　그거는 뭐예요? – 이거는 연필이에요.

| 말해보세요　說看看 | 2-5-4

1. 이거는 뭐예요? 這個是什麼?

2. 저거는 뭐예요? 那個是什麼?

3. 그거는 뭐예요? 那個是什麼?

| 연습해보세요　練習看看 |

請在下列空格中填入正確的答案，並寫出中文意思

1．A: 이거는 지우개예요?

　　B: 네, ＿＿＿＿＿＿는 지우개예요.

A：這個是橡皮擦嗎?

B：是的，那個是橡皮擦 。

2．A: 그거는 뭐예요?

　　B: ＿＿＿＿＿＿는 연필이에요.

A：

B：

3．A: 저거는 책이에요?

　　B: 아니요. ＿＿＿＿＿＿는 사전이에요.

A：

B：

02 있어요/없어요　有/沒有

● 「있어요?」的疑問句，回答時，肯定用「네, 있어요.」，
否定用「아니요, 없어요.」

● 「없어요?」的疑問句，回答時，肯定用「네, 없어요.」，
否定用「아니요, 있어요.」

> 例　A: 연필 있어요?　有鉛筆嗎?
>　　B: 네, 있어요.　　是，有鉛筆.
>　　A: 연필 없어요?　沒有鉛筆嗎?
>　　B: 아니요, 있어요.　不，有鉛筆。

| 말해보세요　說看看 |

 2-5-5

1. 사전 있어요?　有字典嗎?

2. 자 있어요?　有尺嗎?

3. 필통 없어요?　沒有鉛筆盒嗎?

| 연습해보세요　練習看看 |

請在下列空格中填入正確的答案，並寫出中文意思

1. A: 책 있어요?

　B: 네, ＿＿＿＿＿＿＿＿

　　　　　　　　　　A: ＿＿＿＿＿＿＿＿

　　　　　　　　　　B: ＿＿＿＿＿＿＿＿

2. A: 사전 있어요?

　B: 아니요, ＿＿＿＿＿＿＿

　　　　　　　　　　A: ＿＿＿＿＿＿＿＿

　　　　　　　　　　B: ＿＿＿＿＿＿＿＿

3. A: 지도 없어요?

　B: 네, ＿＿＿＿＿＿＿＿

　　　　　　　　　　A: ＿＿＿＿＿＿＿＿

　　　　　　　　　　B: ＿＿＿＿＿＿＿＿

4. A: 지우개 없어요?

　B: 아니요, ＿＿＿＿＿＿＿

　　　　　　　　　　A: ＿＿＿＿＿＿＿＿

　　　　　　　　　　B: ＿＿＿＿＿＿＿＿

말해보세요　說看看 2-5-6

임이정: **공책** 있어요?

앤　디: 아니요, 없어요.

임이정: **이거**는 뭐예요?

앤　디: **사전**이에요.

임이정: **저거**는 **볼펜**이에요?

앤　디: 아니요, **연필**이에요.

임이정: 그럼, **그거**는 한국어로 뭐예요?

앤　디: **지우개**예요.

練 習

利用目前為止學習過的單字，套入對話練習看看

볼펜、연필、사전、지우개、공책、달력、파일、지도、필통、가방	이거, 그거, 저거

임이정: ＿＿＿＿＿＿＿ 있어요?

앤디: 아니요, 없어요.

임이정: ＿＿＿＿＿＿는 뭐예요?

앤디: ＿＿＿＿＿예요/이에요.

임이정: ＿＿＿＿＿＿ 는 ＿＿＿＿＿＿ 예요/이에요.

앤디: 아니요, ＿＿＿＿＿＿예요/이에요.

임이정: 그럼, ＿＿＿＿＿＿는 한국어로 뭐예요?

앤디: ＿＿＿＿＿＿＿예요/이에요.

연습문제　自我測驗

1.聽完題目後，選擇正確的回應答案。 2-5-7

　1) □ 네, 있어요.　　□ 아니요, 있어요.

　2) □ 지우개예요.　　□ 네, 있어요.

　3) □ 네, 여기있어요.　□ 아니요. 볼펜이에요.

　4) □ 연필있어요.　　□ 연필이에요.

2.請選出正確的句子。

　1) A: (이거는 / 저거는) 뭐예요?
　　 B: 저거는 집이에요.

　2) A: (그거는 / 저거는) 뭐예요?
　　 B: 이거는 우산이에요.

　3) A: (이거는 / 그거는) 뭐예요?
　　 B: 그거는 신문이에요.

3.請參考中文並在空格內填入正確的韓文句子。

1) A: _____?   這個是什麼?

    B: 그거는 지도예요.

2) A: _____?   那個是什麼?

    B: 저거는 책이에요.

                                  那個是什麼？

3) A: _____.

    B: 이거는 필통이에요.

4) A: _____.   這個的韓文叫做什麼?

    B: 이거는 지우개예요.

4.請選出正確的答案。

1) (   ) A: 이거는 뭐예요?

            B:_____

            ①그거는 책이에요.   ②저거는 책이에요.

2) (   ) A: 저거는 한국어로 뭐예요?

            B:_____

            ①이거는 가방이에요.   ②그거는 가방이에요.   ③저거는 가방이에요.

3) (   ) A: 그거는 연필이에요?

            B:_____

            ①네, 그거는 연필이에요.   ②네, 이거는 연필이에요.

            ③네, 저거는 연필이에요.

4) (   ) A: 이거는 사전이에요?

            B:_____.

            ①아니요. 저거는 책이에요.   ②아니요. 이거는 책이에요.

제 6 과

어서 오세요

歡迎光臨

점　원: 어서 오세요.　　　　　　　　　　　　歡迎光臨。

임이정: 주스 있어요?　　　　　　　　　　　　有果汁嗎？

점　원: 네, 있어요.　　　　　　　　　　　　　有的，
　　　　키위 주스하고 사과 주스가 있어요.　　有奇異果汁和蘋果汁。

임이정: 오렌지 주스는 없어요?　　　　　　　　沒有柳橙汁嗎？

점　원: 네, 없어요.　　　　　　　　　　　　　是的，沒有。

임이정: 그럼, 사과 주스 주세요.　　　　　　　那麼，請給我蘋果汁。

점　원: 네, 여기 있어요.　　　　　　　　　　是的，在這裡。

단어 單字　2-6-2

어서 오세요　歡迎光臨
주스　果汁
하고　和
사과 주스　蘋果汁
키위 주스　奇異果汁
오렌지 주스　柳橙汁
주세요　請給我
여기 있어요　在這裡

대화 본문 설명　會話解說

1.어서 오세요.　歡迎光臨

→ 這句話是用於有訪客、客人拜訪的時候，表示歡迎的意思。

2.키위 주스하고 사과 주스가 있어요.　有奇異果汁和蘋果汁。

키위	주스	하고	사과	주스	가	있어요.
奇異果	汁	和	蘋果	汁		有

主詞助詞　動詞

하고 (和)：用於連接名詞和名詞。

3.사과 주스 주세요.　請給我蘋果汁。

사과	주스	주세요.
蘋果	汁	請給我

주세요 (請給我)：
用於向他人要東西的時候，較有禮貌的用法，是敬語。
「줘」：用於平輩或年紀小的人，是半語。

4.여기 있어요.　在這裡。

여기	있어요.
這裡	有

여기 있어요 (在這裡)
中文並不常見，意思與英文的「Here you are」相同。

01 「하고」，「과/와」：和

●兩者是相同的意思，하고主要用於口語對話，
과/와則通常用於格式體或寫作中。

●在韓文名詞有收尾音（받침）時，後面接「과」；
沒有收尾音時，接「와」。

例 지우개하고 연필
지우개와 연필
선생님하고 학생
선생님과 학생

| 말해보세요　說看看 | 2-6-3

1. 콜라하고 주스가 있어요.　有可樂和果汁。

2. 잡지와 가방 주세요.　　請給我雜誌和包包。

3. 볼펜과 공책 주세요.　　請給我原子筆和筆記本。

| 연습해보세요　練習看看 |

請在下列空格中填入正確的答案，並寫出中文意思

1. A: 지우개_____볼펜 주세요.　A: ....

　 B: 여기 있어요.　　　　　　　　　B: ....

2. 학생_____선생님이에요.　 ....

3. A: 커피_____빵 주세요.　　A: ....

　 B: 여기 있어요.　　　　　　　　　B: ....

02 「주세요」表示「請給我」

● 주세요：用於向他人要求東西的時候，較有禮貌的用法，與名詞一起使用。

> 例　지우개 주세요.　　　請給我橡皮擦。
> 　　　우산 주세요.　　　請給我雨傘。

● 물 좀 주세요. (請給我水。)：和좀一起使用，是更有禮貌的感覺。

| 말해보세요　說看看 | 2-6-4

1. A: 책 주세요.　　　　A: 請給我書。

   B: 여기 있어요.　　　B: 在這裡

2. A: 신문 주세요.　　　A: 請給我報紙。

   B: 네, 여기 있어요.　B: 是的，在這裡。

| 연습해보세요　練習看看 |

請按照中文意思，寫出正確的韓文句子

1. 請給我筆記本。　　　　...

2. 請給我雜誌和報紙。　　...

3. 請給我咖啡和果汁。　　...

점　원: 어서 오세요.

임이정: 주스 있어요?

점　원: 네, 있어요. 키위 주스하고 사과 주스가 있어요.

임이정: 오렌지 주스는 없어요?

점　원: 네, 없어요.

임이정: 그럼, 사과 주스 주세요.

점　원: 네, 여기 있어요.

練習

利用目前為止學習過的單字，套入對話練習看看

| 사과/오렌지/키위 주스, 바나나/딸기/초코 우유, 영화/컴퓨터/게임 잡지, 한국/미국/일본 신문, 한국어/영어/중국어 사전 | 주스/우유/잡지/신문/사전 |

점　원: 어서 오세요.

임이정: _____ 있어요?

점　원: 네, 있어요. _____ 하고 _____ 이/가 있어요.

임이정: _____ 은/는 없어요?

점　원: 네, 없어요.

임이정: 그럼, _____ 주세요.

점　원: 네, 여기 있어요.

연습문제 自我測驗

1.聽完題目後，選擇正確的回應答案。 2-6-6

   1) □ 네, 있어요.   □ 아니요. 주스예요.

   2) □ 네, 없어요.   □ 아니요, 없어요.

   3) □ 제 거예요.   □ 여기 있어요.

2.請選出正確的句子。

   1) A: 신문(과/와) 잡지 있어요?

       B: 네, 여기 있어요.

   2) A: 시계(과/와) 가방 주세요.

       B: 네, 여기 있어요.

3.請參考中文並在空格內填入正確的韓文句子。

   1) A: _____.   請給我咖啡。

      B: 여기 있어요.

   2) A: _____.   請給我果汁和麵包。

      B: 여기 있어요.

   3) A: _____.   請給我橡皮擦和鉛筆。

      B: 여기 있어요.

   4) A: _____.   是學生和老師。

   5) A: _____.   有報紙和書。

4.請選出正確的答案。

1) (　　　) A:주스 있어요?

B:_____

①네, 없어요.　②아니요, 없어요.　③아니요, 있어요.

2) (　　　) A:지우개 없어요?

B:_____

①네, 없어요.　②아니요, 없어요.　③네, 있어요.

3) (　　) A:콜라 주세요.

B:_____

①감사합니다.　②참 멋있어요.　③여기 있어요.

4) (　　) 신문(　　) 잡지 주세요.

①와　②은　③하고

附 錄

QRcode 音軌說明
單字彙整－
發音部份、會話部份、單字補充

QRcode 音軌說明

韓語發音

會話練習

2-1-1 會話　　　2-1-2 單字　　　2-1-8 自我測驗
2-2-1 會話　　　2-2-2 單字　　　2-2-8 自我測驗
2-3-1 會話　　　2-3-2 單字　　　2-3-9 自我測驗
2-4-1 會話　　　2-4-2 單字　　　2-4-7 自我測驗
2-5-1 會話　　　2-5-2 單字　　　2-5-7 自我測驗
2-6-1 會話　　　2-6-2 單字　　　2-6-6 自我測驗

會話練習-補充及文法

2-1-3 國家補充單字　　　　　　2-1-4 國家名＋人
2-1-5 語調-練習　　2-1-6 主詞助詞「–는/–은」　　2-1-7 어느」表示「哪一」

2-2-3 學科(과)補充單字【連連看】
2-2-4 主詞助詞「–가/–이」 | 말해보세요　說看看 |
2-2-5 「뭐」表示「什麼」 | 말해보세요　說看看 |
2-2-6 「主詞＋主詞助詞이/가＋어때요?」 | 말해보세요　說看看 |
2-2-7 【말해보세요 說說看】

2-3-3 職業補充單字【連連看】　　　　2-3-4 職業補充單字
2-3-5 이분「這位」/ 저분「那位」 | 말해보세요　說看看 |
2-3-6 「누구」表示「誰/誰的...」 | 말해보세요　說看看 |
2-3-7 「...이/가 아니에요.」表示「不是...」 | 말해보세요　說看看 |
2-3-8 | 말해보세요　說看看 |

2-4-3 生活用品補充單字【連連看】
2-4-4 이게 / 這個；저게 / 那個 | 말해보세요　說看看 |
2-4-5 「뭐예요?」表示「是什麼？」 | 말해보세요　說看看 |
2-4-6 | 말해보세요　說看看 |

2-5-3 文具用品補充單字【連連看 】　　　　　　2-5-4 이거/저거/그거 | 말해보세요　說看看 |
2-5-5 있어요/없어요 有/沒有 | 말해보세요　說看看 |　　2-5-6 【말해보세요 說說看】

2-6-3 「하고」,「과/와」：和 | 말해보세요　說看看 |
2-6-4 「주세요」表示「請給我」 | 말해보세요　說看看 |
2-6-5 | 말해보세요　說看看 |

單字彙整

發音部份

單母音

이	二
오	五
아이	孩子
오이	小黃瓜
아우	弟弟
어이	喂（對成人）
위	上面

複合母音

예	是
얘	喂（對小朋友）
예의	禮貌
왜요?	為什麼?
여우	狐狸
우유	牛奶

基本子音-ㅁ、ㄴ、ㅇ

네	是
아니요	不是
나무	木
어머니	媽媽
나이	年齡
너무	太/很
어느	哪一

基本子音-ㄹ、ㅎ

우리	我們
나라	國家
요리	料理
머리	頭
오리	鴨
허리	腰
뭐	什麼
노래	歌
하루	一天
어려워요	難

基本子音-ㄱ、ㅋ

개	狗
가게	店
야구	棒球
모기	蚊子
고기	肉
누구	誰
커요	大
귀여워요	可愛
무거워요	重

基本子音-ㄷ、ㅌ

구두	皮鞋
다리	橋/腿
더워요	熱

基本子音-ㅅ、ㅈ、ㅊ

차	車/茶
시계	鐘錶
치마	裙子
휴지	衛生紙
사과	蘋果
과자	餅乾

基本子音-ㅂ、ㅍ

아버지	爸爸
바지	褲子
바다	海
아파트	公寓
오토바이	摩托車
아파요	生病/痛
가벼워요	輕

雙子音-ㄲ、ㄸ、ㅃ、ㅆ、ㅉ

가까워요	近
어때요?	怎麼樣?
싸요	便宜
비싸요	貴
바빠요	忙
예뻐요	好看/漂亮

尾音-
ㄴ = ㄵ = ㄶ / ㅁ = ㄻ / ㅇ

돈	錢
선생님	老師
친구	朋友
사람	人
대만	台灣
여행	旅行
영화	電影
운동	運動
전공	主修
영어	英文
공부	唸書
시험	考試

尾音-
ㄹ = ㄼ = ㄽ = ㄾ = ㅀ
ㄱ = ㅋ = ㄲ = ㄳ = ㄺ
ㅂ = ㅍ = ㅄ = ㄿ
ㄷ = ㅌ = ㅅ = ㅆ = ㅈ = ㅊ = ㅎ

한국	韓國
슈퍼마켓	超市
날씨	天氣
오늘	今天
내일	明天
꽃	花
가족	家人
학생	學生
수업	課
숙제	作業
약속	約會
밥	飯
과일	水果
선물	禮物
옷	衣服

會話部份

제1과 안녕하세요?
第1課 您好嗎?

저	「我」的敬語
한국	韓國
사람	人
아니요	不是
대만	台灣
씨	先生；小姐
미국	美國
어느	哪一

제2과 이름이 뭐예요?
第2課 你叫什麼名字?

이름	名字
학생	學生
전공	主修(專攻)
한국어	韓文
재미있어요	有趣
어때요?	怎麼樣?

제3과 이분이 누구예요?
第3課 這位是誰?

이	這
저	那
분	位
선생님	老師
직업	職業

제4과 이게 뭐예요?
第4課 這是什麼?

게	東西
책	書
그럼	那麼
가방	包包
멋있어요	帥
참	真，真是

제5과 공책 있어요?
第5課 你有筆記本嗎?

공책	筆記本
이거	這個
저거	那個
그거	那個
사전	字典
연필	鉛筆
지우개	像皮擦

제6과 어서 오세요
第6課 歡迎光臨

어서 오세요	歡迎光臨
주스	果汁
하고	和
사과 주스	蘋果汁
키위 주스	奇異果汁
오렌지 주스	柳橙汁
주세요	請給我
여기 있어요	在這裡

補充單字

국가 國家

한국 韓國	대만/타이완 臺灣	일본 日本	중국 中國	미국 美國
영국 英國	독일 德國	캐나다 加拿大	프랑스 法國	스페인 西班牙

직업 職業

경찰 警察	간호사 護士	기자 記者	배우 演員	변호사 律師
비서 秘書	선생님 老師	요리사 廚師	의사 醫生	통역사 翻譯員
학생 學生	회사원 僱員	가수 歌手		

물건 物品

가방 包包	공책 筆記本	달력 日曆	돈 錢	모자 帽子
볼펜 原子筆	사전 字典	시계 時鐘	신문 報紙	우산 雨傘
연필 鉛筆	열쇠 鑰匙	자 尺	잡지 雜誌	지우개 橡皮擦
지도 地圖	집 房子	책 書	카메라 相機	파일 文件
필통 鉛筆盒	휴대폰 手機	꽃 花	빵 麵包	

기타 其他補充

사람 人	친구 朋友	김치 泡菜	선물 禮物	오늘 今天
돼지 豬	미역국 海帶湯	우유 午奶	오빠 哥哥	어머니 母親
누나 姊姊	학교 學校	영화 電影	드라마 戲劇	이름 名字
전공 主修	기분 心情	비 雨	이모 姨媽	아버지 父親
주스 果汁	사과 蘋果	키위 奇異果	오렌지 柳橙	콜라 可樂
커피 咖啡	물 水	컴퓨터 電腦	게임 遊戲	바나나 香蕉
딸기 草莓	초코 巧克力			

解　答

韓語發音

P65 請聽完單字後，填入尾音以便完成單字

산	양	사람
아침	공	반지
가방	미안	몸

P69 請聽完單字後，填入尾音以便完成單字

말	녹차	이십
교실	수박	책
입	딸기	국

會話練習與語句解說-自我測驗

第1課

1. 1) 안녕하세요?
   2) 만나서 반갑습니다.
   3) 아니요. 한국 사람이에요.
   4) 한국 사람이에요.

2. 1) 미국　2) 한국　3) 중국　4) 일본　5) 대만

3. 1) 이에요　2) 은　3) 는　4) 아니요　5) 네

4. 1) ②　　2) ①　　3) ①　　4) ③　　5) ②

5. 1) 네, 학생이에요.
   2) 아니요. 대만 사람이에요.
   3) 네, 가수예요.
   4) 아니요. 한국 사람이에요.

第2課

1. 1) 임이정이에요.
   2) 네, 학생이에요.
   3) 영어예요.
   4) 재미있어요.

2. 1) 아니요. 선생님이에요.
   2) 일본어예요.
   3) 네, 기자예요.

3. 1) 이　2) 가　3) 뭐　　4) 이　　5) 가

4. 1) ③　　2) ②　　3) ①　　4) ③　　5) ①

5. 1) 어느　　2) 뭐　　3) 어느

第3課

1. 1) 미나 씨예요.

   2) 네, 선생님이에요.

   3) 의사예요.

   4) 아니요, 회사원이 아니에요.

2. 1) 이분　　2) 저분　　3) 이　　　4) 가

3. 1) 누구　　2) 이　　　3) 이분　　4) 가　　5) 이

4. 1) ①　　　2) ③　　　3) ②　　　4) ①　　　5) ②

第4課

1. 1) 아니요, 책이 아니에요.

   2) 가방이에요.

   3) 감사합니다.

   4) 제 거예요.

2. 1) 이게　　2) 저게　　3) 제 거예요.　　4) 오빠 거예요.

3. 1) 저게 뭐예요?

   2) 누구 거예요?

   3) 아니요. 제 거예요.

   4) 참 멋있어요.

   5) 이 휴대폰은 누구 거예요?

4. 1) ②　　2) ①　　　3) ②　　4) ①　　5) ③

第5課

1. 1) 네, 있어요.

   2) 지우개예요.

   3) 아니요. 볼펜이에요.

   4) 연필이에요.

2. 1) 저거는　　2) 그거는　　3) 이거는

3. 1) 이거는 뭐예요?

   2) 저거는 뭐예요?

   3) 그거는 필통이에요?

   4) 이거는 한국어로 뭐예요?

4. 1) ①　　　2) ③　　　3) ②　　　4) ②

第6課

1. 1) 네, 있어요.　　2) 네, 없어요.　　3) 여기 있어요.

2. 1) 과　　　2) 와

3. 1) 커피 주세요.

   2) 주스와/하고 빵 주세요.

   3) 지우개와/하고 연필 주세요

   4) 학생과/하고 선생님이에요.

   5) 신문과/하고 책 있어요.

4. 1) ②　　　2) ①　　　3) ③　　4) ③

恩英老師韓文. 一：韓語40音、基礎會話和語法規則
/ 鄭恩英著. -- 初版. -- 臺北市：日月文化, 2019.09
160 面；19×25.7 公分. -- (EZ Korea教材；18)
ISBN 978-986-248-836-2 (平裝)
1.韓語 2.讀本
803.28   108013146

EZ Korea 教材 18

恩英老師 韓 文（一）
韓語 40 音、基礎會話和語法規則

作　　者：鄭恩英
校　　對：鄭恩英、邱淑怡
執行編輯：張勝宏
美術設計：陳又榆
插　　畫：陳又榆
韓語錄音：鄭恩英、吉政俊、郭怡廷
錄 音 室：純粹錄音後製有限公司

發 行 人：洪祺祥
副總經理：洪偉傑
副總編輯：曹仲堯
法律顧問：建大法律事務所
財務顧問：高威會計師事務所

出　　版：日月文化出版股份有限公司
製　　作：EZ 叢書館
地　　址：臺北市信義路三段 151 號 8 樓
電　　話：(02)2708-5509
傳　　真：(02)2708-6157
客服信箱：service@heliopolis.com.tw
網　　址：www.heliopolis.com.tw
郵撥帳號：19716071 日月文化出版股份有限公司

總 經 銷：聯合發行股份有限公司
電　　話：(02)2917-8022
傳　　真：(02)2915-7212
印　　刷：禹利電子分色有限公司
出版：2019 年 09 月　二版一刷：2020 年 10 月
定　　價：280 元
I S B N：978-986-248-836-2